目次

一、柘榴石《ガーネット》の導き

横殴《よこなぐ》りに吹雪くクイーンズボロ・ブリッジを渡り、凍《い》て付くイースト川の対岸にあるレストラン・ガーネットに到着したのは十七時五十七分だった。

エリアナ・プフィファバーグとは、知り合って十数年になる同志だが、普段のやり取りは専《もっぱ》らスラックとズームなので、対面で会うのは久しぶりだ。

レストラン・ガーネットは、この島がまだブラックウェルズと呼ばれていた頃、彼女の曾祖父《そうそふ》が出資支援をして開業した老舗《しにせ》のレストランで、今は彼女がオーナーを継いでいる。

重光香太朗《しげみつこうたろう》は、前回、彼女が淡路島《あわじしま》周辺の史跡視察《しせきしさつ》で来日した際、——『プフィファバーグ家は、中世にスペインを追われたスファラディなの』と、彼女のルーツについて聞いたこと——を思い出しながら、エントランスの階段をゆっくり上がった。

『エリアナは、所謂《いわゆる》、アシュケナージではなく……。

オリエントユダヤでも、ファラシャでも、ハザール系のユダヤでもない、

ということだった。

きっと、そういう生まれ育ちも影響して、エリアナは、ブリンケンやヌーランドとは、馬が合わないのかもしれないな？』

「ようこそ重光さま。お待ちしておりました。どうぞこちらへ」


中世のイベリア半島はイスラム教徒に支配されていたが、その昔、袂《たもと》を分かつこととなったユダヤ教徒には、ひっそりと一定の自治権が認められていた。

ところが、カトリック国だったスペインとポルトガルが、奪われた土地を取り戻す回復運動として、イスラム教徒とユダヤ教徒を駆逐《くちく》するレコンキスタを始めたため、イザベル女王が一四九二年にイベリア半島を統治すると、彼らはまたもや、スペインからも追い出されてしまったのだ。

カトリックに改宗して、コンベルソとしてスペインに残る道もあったが、プフィファバーグ家の人達は移住を選んだ。

そのとき多くの人が、地中海沿岸のイタリアの都市や、ギリシャ、アルジェリアに移住したが、プフィファバーグ家の人達は、まずはオランダに避難して、その後英国への再移住を経て、約四百年後の一八九八年、エリアナの曾祖父が二十五歳のときに、五区構成となって間もないニューヨーク市に辿《たど》り着いたのだという。

「香太朗。久しぶり。
前回が二〇一七年の七月だったから、
気が付けば、あっという間に二年半も経ってしまって……。
齢を取ると時が経つのが早くて嫌ね。
今日は飛びっきり美味しい牡蛎《かき》をご馳走《ちそう》するわ」

エリアナの曾祖父、イザヤ・プフィファバーグがニューヨークに拠点を移した当時、米国は何しろ活気に満ち溢れていた。機関車の鉄道網がドンドン延びていき、電灯、電話、蓄音機が発明されて、ミシンとタイプライターが飛ぶように売れた。

そして、一九〇八年のT型フォードの登場で街の景色が馬車からクルマに一気に変わっていく中、彼は、米国のビジネスに本腰を入れ出した『ロスチャイルド一派』の勃興《ぼっこう》に歩調を合わせながら、凄《すさ》まじい第二次産業革命の波に乗って、英国シティとウォール街を繋《つな》ぐ『金本位制の金融サービス』を興《おこ》して成功の礎《いしずえ》を摑《つか》んだ。

更に彼は、この先『メディア媒体』が大きな力を発揮するようになると予測して、儲けたお金の殆ど全てを、新しい新聞社や雑誌社の立ち上げや育成の出資につぎ込み、政財界に深く入り込んでいくために必須不可欠な『情報力の基盤』も固めていった。

そして若き勢いのまま、バーナード・バルークの『戦争物資調達の仕事』も手伝って、大きな財を成したのだという。

「それでは、Ｈａｐｐｙ　Ｎｅｗ　Ｙｅａｒ」

「Ｃｈｅｅｒｓ！」

「ようこそガーネットへ」

「二〇二〇年が素敵な一年になりますように」

「失礼します。
重光様。本日は三品目の冷前菜で、
お好きだと伺っております牡蠣《かき》をご用意しております。
それから、いくつかレモンを使ったお料理をお出し致しますが、
使っておりますレモンは、日本の淡路島産で御座います」

香太朗がエリアナと出会ったのは、二〇〇九年二月のことだった。

前年の暮れに歿《ぼっ》した国際政治学者『サミュエル・フィリップス・ハンティントンを偲《しの》ぶ会』が、日本のホテルとニューヨークのホテルをスカイプで結んで開かれたのだが、そこで香太朗がスピーチをさせられた直後に、エリアナがグラス片手に話しかけてきたのが、運命の始まりだった。

香太朗は沸《わ》き立つシャンパーニュの泡のように、かの日のことを回想しながら「エリアナの登場は本当に衝撃的だったよ」と呟《つぶや》いた。

――それは、ハンティントンと交流のあった、日米の色々な研究者が集う会合だった。会の中盤に流れで突然、英語が堪能《たんのう》な香太朗にマイクが回されてきたのだが、香太朗は臆することなく持ち前の対応力でスピーチを熟《こな》した。

「ニューヨークの皆さん、こんにちは。
相変わらず世界各所で、色々な『対立や分断』が発生していますが、私は、その削減と平和な世界の実現に向けて、『一万年以上も紛争のない生活をしていた縄文人の気質の研究』そして『神仏習合《しんぶつしゅうごう》や和魂漢才《わこんかんさい》などに見られる日本人固有の和合《わごう》の考え方の研究』をしている重光香太朗と申します。
私の研究のポイントを簡単にご説明致しますと、日本人は相克《そうこく》する左右すら両立共存させるように、安易に左右の二者択一はせず、振《ふ》れ幅《はば》の全幅《ぜんぷく》を捉えて両利《りょうき》きの習合《しゅうごう》を実現させることがあるのですが、私は、そうやって『対立を生まず、妥協《だきょう》の折衷《せっちゅう》による不本意なクオリティの低下を起こさず』双方納得の和合を成立させてしまう『日本人特有の協調能力』を研究しています」

「え～皆さん、我々が子供の頃より教科書などで目にする史実《しじつ》というのは当然嘘《うそ》ではありませんが、全て正しいかというと、どこか勝者強者の都合に合わせて調整されてしまっているところがあるように思います。

ですから私は、日本がお隣の中国から色々と影響を受けたことを否定はしませんが、近隣諸国条項で縛《しば》られている日本側が反論出来ないのをいいことに、『日本の文明は全てが中華文明の亜流《ありゅう》。日本人は下劣《げれつ》な蛮族《ばんぞく》・夷狄《いてき》』と一方的に教科書に書かれて、それを学んだ方から誤解の攻撃をされて困ることがありました。

そんなときサミュエル・ハンティントン先生が、――日本の文明は、中華文明の衛星ではなく、独立して成立している世界八大文明の一つと見るべき――と世界に向けて説いて下さったことが、我々日本人には、何しろ嬉しかったのです」

と偲《しの》ぶ会らしい謝辞を述べた。続けて、

「近年、ＰＣＲ検査や、次世代シークエンサなどの登場によるＤＮＡ解析の技術革新が、従前のミトコンドリアＤＮＡ解析では不可能だった古人骨の核ゲノム解析などを可能にしたことから、古代史実の確認、検証に於いても、驚きの扉が次々と開いておりまして……。

例えば、四万年前の旧石器時代の後期ぐらいから、様々な地域より日本列島に入ってきた集団の混血により、一万六千五百年前に形成されたとされる『縄文人』は、これ迄、獣の毛皮を着た原始人のように思われてきましたが、――実は、皆で幸《さち》を分け合う平和で豊かな集団生活を、醜《みにく》い欲望の紛争《ふんそう》を一切することなく、一万年以上も安定継続させていた『高度文明人』であったこと――が、近年分かってきています」

「そして、その『文明の始祖』たる縄文人が、約七千三百年前に日本からディアスポラ（離散）して、清らかなる高度文明を世界中に広めていたかもしれないことが、今、俄《にわ》かに注目され出していることを、皆さんはご存じでしょうか？」

と、意味深《いみしん》な話を切り出した。すると、香太朗は、

「これはまだ完全には証明されていない段階の話ですので、このパーティ用に少し面白く話を盛りますと」と前置きしてから……。

「今から七千三百年ほど前に、薩摩硫黄島《さつまいおうじま》で地球史上最大級の鬼界《きかい》カルデラ噴火が起きました。その大噴火は大きな島を丸ごと沈め、溶岩や火砕流、地震や隆起陥没が、多くの人が住んでいた阿蘇カルデラ湖の外輪地や北九州などを壊滅《かいめつ》させただけでなく、四国や畿内、遠く関東や東北、そして世界の果てまでを降灰《こうかい》が長く陽《ひ》を閉ざして、暗闇の気候変動と厚く積もった灰が動植物に大打撃を与えました」

「その難から逃れるために、縄文人がノアの方舟のような十トン級の大きな木造船（くり舟ではない、麻織《まお》りの帆を張り、龍の如く畝《うね》る波の上を飛ぶように早く進む、大型の構造船）に乗って……、揚子江の下流域に、メグナ川やガンジス川やインダス川の下流域に、シュメール人のメソポタミア南部に、カルナック神殿やルクソール神殿のエジプトに、北米の西海岸沿いに、マチュピチュの南米ペルーに、モアイ像が立つイースター島などに渡っていたかもしれないという可能性です」

「そして皆さんが、アッ？　と、もうお気づきのように、このディアスポラ（離散）には、更に続きの話がありまして……。先ほど例示した地域の多くには、我々の先祖は陽の出る極東の地（日本）からやって来たという言い伝えや神話が存在しますし、ヘブライ語で書かれた旧約聖書には、ノアの方舟の挿話《そうわ》だけでなく、東のシオン（東に帰ろう）と書かれていますので、それらから類比《るいひ》推理《すいり》するに……」

「聖徳太子の政治を助け、巨大古墳を造り、桓武《かんむ》天皇の京都への遷都《せんと》を成功させて、治水《ちすい》や養蚕《ようさん》・機織《はたお》りなどの技術を日本に広めた『秦《はた》一族（数万人）』は、世界に離散した縄文人の子孫として、長い年月を掛けて帰還した、お戻りの渡来人なのではないか？
秦氏《はたうじ》が企画＆設計して建造した平安京は、ヘブライ語で云うとイェル・シャローム（エルサレム）なので、祇園祭りはシオン祭りなのではないか？」

「そして、もしそうであるならば……。

これまで秦一族は、中央アジアの弓月国《ゆづき》から来た一族。途中、新羅《しらぎ》で足止めされていたのを応神天皇に助けてもらって大阪湾から日本に入った一族、と云われてきましたが、彼らはエルサレムから弓月《ゆづき》を経由して帰還した縄文人の子孫なのではないか？」

「応神天皇や聖徳太子は、その長旅《ながたび》のことを、知っていたのではないか？

藤原不比等《ふじわらのふひと》も、北部イスラエルのタガーマ・ハラン（高天原《たかまがはら》）から帰還した、プディパラーヌォ・プピートゥなのではないか？　といった仮説に至る訳であります」

「私はこういう仮説に対して、『もしかして』を超えて『そうなんじゃないの』に近いドキドキを押さえきれないのです」

と説明して会場を沸かせた。そして最後に、

「何れにせよ、そう遠くないうちに、これ迄の定説を覆《くつがえ》す事実が、新たなＤＮＡ検証などから、次々と明らかになる日がくると思います」

とスピーチを閉めて拍手喝采を浴びたのだった。

「今のあなたのお話、めちゃくちゃ面白かったわ。
つまらない会だったら、スグ帰ろうと思ってたんだけど……。
あっ失礼。私は、エリアナ・プフィファバーグといいます。
私も、今、縄文人の研究に嵌《はま》っていて、
昨日まで青森の三内丸山《さんないまるやま》遺跡《いせき》を見に行っていたの」

そう云うとエリアナは、香太朗に三内丸山遺跡や大湯《おおゆ》のストーンサークルの写真を見せながら、
「この辺りにある縄文人が建てた巨大な建造物には、夏至・冬至の日の出・日の入りに合わせたレイラインがキッチリとセットされているって、貴方は知ってた？」
と熱く語り始めた。

そんな流れから、日本会場のホテルでは、何時の間にか香太朗の周りが人だかりになっていて、普段聞けない面白い話が、次々に飛び交い出したのだ。

「重光さん。沼津や長野の各所で発見されている黒曜石の石器は一万年以上前の神津島産と分かっていますし、青森の縄文遺跡でも北海道や新潟の糸魚川周辺でしか採れない翡《ひ》

翠《すい》や琥珀《こはく》、アスファルトなどで造られた石器が発見されていますから、私も重光さんと同じように、縄文人は我々が思っているよりも高度な集団組織力をベースに、かなりの砕石力や造船力、建築力なんかを有していて、遠く何十キロも離れた島と内地とを行き来できるレベルで、潮の満ち干き、海流、天気、風の変化が読めて、星を頼りに方角が分かる、相当な海洋操船術《そうせんじゅつ》も持っていたんじゃないかと思うんですよ」

「私の地元、熊本阿蘇の甑《こしき》神社や、奈我《なーが》神社、三閑稲荷《さんがいなり》などには、縄文人が有難き湧き水の水面《みなも》に揺《ゆ》れる玉響《たまゆら》の光景を彫った盃状穴《はいじょうけつ》の石柱祭器や、強い磁気波動を放つ神石《かみいし》に聖水《せいすい》を貯めるために窪《くぼ》みを掘った水久保石《みずくぼいし》というのが沢山《たくさん》残っているんですけど、それと似たものが、さっき貴方が例示されたような世界の各所にもあるらしいんですよ。

ということは……、今まで考えもしなかったけれども……。

既に縄文時代に、日本と世界を行き来していた人がいた、ということなんですかね？」

「温暖化で北極南極の氷が解けて海抜が上がっていた縄文海進の後期に、当時は島だったスカンジナビア半島の南端まで、大八洲《おおやしま》の縄文人がオホーツク海〜北海〜バルト海と航行して来て、薄く堅い沈線模様の熊本曽畑式土器の文化や、巨石祭殿や巨石ドルメンの建造技術を教えた、というフンネルビーカー・ピープルの存在が、デンマークやドイツでは文化庁公認の史実として教育されているのに、当の日本では、そのことが教科書に書かれておらず、それ故、日本人がフンネルビーカー・ピープルの話を全く知らないのは、何か可笑《おか》しい、とデンマーク人に云われたことがあります」

「それと似た話ですけど、オレゴンで一万五千年前くらい前の縄文人が使用していた履物《はきもの》が発見されていて、その近くに住むナハホ・ラグという原住民は、八咫烏《やたがらす》のようなカラスを神の使いとして崇《あが》めていると、オレゴンの資料館で見たことがありますよ」

「重光さんのお話と一致するように、長江文明にはそれ以前の歴史痕跡《こんせき》が無く、下流域に突然出現していますし、契丹古伝《きったんこでん》という長江の歴史書には、三皇五帝は、皆、倭人《わじん》なりと書かれていますね」

「さっきのお話を聞いていて思い出したんですけど、正史とされている古事記や日本書記よりも古い記録ながら、不明点の多さや、後に加筆された痕跡が有ることなどから、偽書《ぎしょ》とされている古文書、九鬼文書《くかみもんじょ》には、（七千三百年前の大噴火の難から）伊邪那岐命《いざなぎのみこと》と三貴神《さんきしん》が海外に避難した。その子孫末裔《しそんまつえい》がノア、モーゼ、イエス、釈迦になったと神代文字《じんだい》で書かれている、と力説しておられる先生がいらっしゃいますよ」

「非正史扱いされている古史書には、九鬼文書《くかみもんじょ》の他に、竹内文書、富士宮下文書、物部文《もののべ》書が……、古伝の伝承記録としては、上記《うえつふみ》、秀真伝《ほつまつたえ》、三笠山紀《みかさふみ》、カタカムナというのが見つかっていますね」

「私達は明治維新以後の教育として、日本人は仏教伝来で漢字を知る前には文字を持っていなかったと教えられてきましたけれども、宮崎県都城の的野正《まとのしょう》八幡宮円野《まるの》神社には、神代文字で書かれた石碑《せきひ》が有りますし、下関市彦島の杉田遺跡の壁からも彦島杉田岩刻画というペトログリフ（線刻画・線刻文字）が見つかっていますので、私も、倭人は縄文時代から、神代文字を使っていたと思います」

「先程、彼方《あちら》の方が説明して下さった、上記《うえつふみ》という古伝書には、阿比留草文字《あびるくさもじ》の出雲族、豊国《とよくに》文字の日向《ひむか》族、出雲字の大和族らを取りまとめた鵜茅葺不合《うがやふきあえず》王朝の第二十五代天皇、富金足《とみあきたらし》中置天皇が、皇子達を世界に派遣して文字を伝えた、とあるみたいですよ」

「蘇我《そが》氏が物部《もののべ》氏の書庫を焼き討ちにした『焚書坑儒《ふんしょこうじゅ》の丁未《ていび》の乱』が起きたのが、確か日本書記が書かれる七十年くらい前のことですから、その点から考えても、一部の日本人は、漢字が伝来する前に、何種類かの神代文字を使い熟《こな》していたと考えるべきじゃないですかね？」

「国始めの尊宮《そんぐう》と伝わる熊本の幣立《へいたて》神宮には、石板の表には豊国文字で『阿蘇日《あそひ》の大神《おおかみ》』と、裏には阿比留草文字《あびるくさもじ》で『ひふみ祝詞《のりと》』が書かれた『鏡石』という御神体があって、驚くことに、この神社には、地球の祖神として『赤、白、黄、黒、青（緑）の五色人』が集って、世界の和合をはかる儀式を行った、という『五色の面』というのが残っているんですよ」

するとそのとき、日本側のホテルの画面に、「ハーイ、ニッポンの皆さん……、ちょっとイイですか」と、ニューヨークからたどたどしい日本語で語りかけてくる男性の顔が映し出された。

「あのー、ちょっとイイですか、皆さん。
日本人は子供も大人もジャンケンポンが大好きですけど、
じゃあ皆さんは、ジャンケンポンの言葉の意味を日本語で説明できますか?」

「アレはねぇ、ヘブライ語で、『隠して、準備して、勝負に来い』って云ってるのよ」

そこまで話すと後は英語に切り替えて、彼は『日本語とヘブライ語には類似点が沢山あり、例えば、アッパレ（天晴れ）、カク（書く）、イネ（稲）、オク（置く）、カサ（量）、スム（住む）、トル（取る）、ハカル（測る）、コマル（困る）、スワル（座る）、マガル（曲がる）、サケ（酒）、サカナ（肴）、サワグ（騒ぐ）、シル（知る）、シロ（城）、ソレル（外れる）、タメス（試す）、ニホヒ（匂い）、コトバ（言葉）のように、偶然を遥かに超えた三千くらいのワードに、発音と意味での共通性がある』と熱く語った。

するとと隣にいた筈のエリアナが、何時の間にか日本側のマイクを握っていて、「そうなのよ。私も、今、それを研究中なんだけど……。お相撲のハッケ・ヨイ・ノコッタも、ハッケは（投げつけよ）、ヨイは（やっつけよ）、ノコッタノコッタは（投げたぞやったぞ）と聞こえるし、トリイは（門）、シャムライは（護衛者）で全く同じだし、大化の改新のタイカは（希望）という意味なので、そっちの方がシックリくるし、シュメールの神殿と日本の神社は、何処から見ても同じ造り。神殿と神社に付いているマークは、どちらも菊花紋《きっかもん》で一緒。赤ちゃんのお宮参りをするのは、私が知る限り世界でユダヤ人と日本人だけ。旧約聖書に書かれている古代イスラエルの王族エフライム族の系図と、日本神話で語られている天皇の血統はそっくり。他にもあったと思うけど、これって偶然じゃ説明がつかないわよね」と語り出して皆の度肝《どぎも》を抜いたのだ。

――ライトアップされた昇開橋《しょうかいきょう》の下をゆっくり通る船が、お決まりのご挨拶をするかのように『ボーッ』と汽笛を鳴らした。

カナッペ、アミューズ、冷前菜、温前菜で胃袋が整えられ、いよいよメインのお肉料理が運ばれてくると、バカラのワイングラス・オノロジーに、柘榴《ざくろ》色のブルゴーニュワインがゆっくりと注がれた。

するとエリアナは、大きな窓に借景《しゃっけい》のように映《ば》える昇開橋の上部を指さして、「香太朗、先月ね、あの点滅灯をガーネットの赤紫色に変えてもらったの」と少し自慢げに微笑んだ。

そしてキリッと香太朗の方を見つめて、「日本人で私に合いそうなイイ男はいないかしら。もしいたら紹介してくれない？」と云ってワインを一気に飲み干した。

エリアナは、重光香太朗の一つ下の一九六一年生まれで、クリントン政権〜オバマ政権の中期まで米国務省で活躍した、将来を嘱望《しょくぼう》されるバリバリの外交官だった。

だが、香太朗と出会ってから約五年が経った二〇一四年の一月、祖父と二代に渡って民主党の上院議員を務めた父親が（その半年前に旅立った愛妻を追うように）他界すると、一人身のエリアナは、突如、惜《お》しむ周りの声を振り切って国務省を辞めてしまった。

――その十ヶ月くらい前、いつもの異見交感《いけんこうかん》のスカイプで、香太朗は彼女から、『日本のお祭りと他国のフェスティバルは、何がどう違うのか？』と問われた。

そこで香太朗は、

日本のお祭りというのは、日本人の人間性そのもので、まず①人と人の間の釣り合いをバランスする『間釣《まつ》り』であり、②今でき得《う》る最上をもって信じる神と仲間を奉《たてまつ》る『奉《まつ》る利』であり、③皆で助け合って育てた稲の豊作を俟《ま》つ『俟《ま》つ利』であり、④先祖の教えを子孫新命に結《むす》び繋《つな》げる産霊《むすひ》を祀《まつ》る『祀《ま》つ利』であるというように、お祭りには色々な願いが込められています。

そして、『まつり』という一つの同じ音の響きで、これだけ色々な意味を感じさせ、それを願わせ、実現させてしまう『言霊《ことたま》』の力が、祭りの威力《いりょく》と神秘性を更に高めているのです。

日本では『元始《はじめ》に言霊《ことたま》あり』と云われるくらい、人が発する言葉が全ての起源と重視されてきたのですが、言霊《ことたま》は、日本語が膠着語《こうちゃくご》で、『あおうえい』の母音を基軸とする、一文字一音の言語だから生まれるのだと思います。

因みに、ヘブライ語など他国の言語は、殆どが子音優位の言語です。言霊《ことたま》については現在研究中、乞うご期待。

と返信した。

すると、エリアナはその回答《かいとう》に甚《いた》く感動してくれて、数週間後に、「七月にポーランドとウクライナを旅行した帰りに日本に立ち寄るから、京都の祇園祭りを案内して貰えないか」という話になった。

あのときは、七月十七日の祇園祭見学を挟《はさ》んで丸四日間。嵐山渡月橋、嵯峨野保津峡、貴船《きふね》神社、天岩戸《あまのいわと》神社、八坂神社、伏見稲荷大社と、時間の許す限り京都のアレコレを楽しんだのだが……。

今、思えば、あれはエリアナが国務省を辞める半年くらい前のことで、彼女は移動の合間合間に、

「米国のメディアは、民主党の圧力で蓋《ふた》をされているから、それに右に倣《なら》えの報道になってしまう日本では、殆ど何も知らされていないと思うけれども……。

冷戦終結のときに、折角ベイカーがゴルバチョフに、ＮＡＴＯは一インチたりとも東には拡大しないって約束したのに、このところの民主党政権は、その約束を無視するかのよ

うに、キエフに結構なクラスの人間を送り込んで、プーチンが嫌がり怒ることばっかり仕込んでいるのよ。

あれじゃあ、嘗《かつ》てCFR（外交問題評議会）に退路を封じられた日本軍が真珠湾に出るしかなくなったみたいに、何時プーチンが行動に出ても不思議ないわ。

でも、打って出たら御終《おしま》い。改めて極悪のレッテルが張られて、ロシアは西側諸国から一斉《いっせい》に叩《たた》かれる。

私は、そういうことに、もう首を突っ込みたくないのよ……」

と云っていた。

そして半年後の二〇一四年一月、皆を驚かすようにエリアナが国務省を辞めると、退職から一ケ月もしない内に、彼女が云っていたとおり、ロシアはウクライナ南部のクリミア半島に侵攻した。

「香太朗。今日のこのお皿、素敵でしょう？

日本のノリタケで創ってもらったの。

皿の縁に描いてもらった稜線《りょうせん》は、二年半前に貴方と登った剣山」

「おー、やっぱりそうか。剣山かな？　と思いながら、料理を頂いていたよ」

「あのとき君は、剣山に登るのはノアの方舟がアララト山に漂着した七月十七日（剣山の本宮山頂大祭や宝蔵石《ほうぞうせき》神社の例大祭が行われ京都の祇園祭がクライマックスを迎える日）でなければ駄目。

その後、阿波の一帯と淡路島は、絶対にジックリ見て回りたい。

小豆島の『重ね岩』も直《じか》に見て触りたい。

秦河勝《はたのかわかつ》を祀る大避《だびで》神社や、巨石が浮く生石《おうしこ》神社にも行きたい。

マナの壺の形をしている巨大な前方後円墳も見てみたい。

飛騨金山の巨石群、岩屋岩蔭《いわやいわかげ》遺跡《いせき》も見たいって、お姫様の我《わ》が儘《まま》な注文が、本当、凄かったからなぁ」

メインディッシュのお皿が下げられると、締めのデザートを更に盛り上げるお口直し、デザートのためのプレデザートとして、——赤いラズベリーのシャーベット（淡路島見立ての大島）の周りに、ふんわりとしたレモン風味のチーズムースが瀬戸内の小島のように浮いていて、その瀬戸内の島々の周りを色とりどりの野菜ソースが渦潮《うずしお》のように流れているのを、剣山よりも更に高い雲の上から眺《なが》めているように見える一皿——が、香りの良い紅茶と共に運ばれてきた。

するとエリアナは、「少し堅苦しい話になるけど、香太朗は、最近、保守ｖｓリベラルとか、ナショナリズムｖｓグローバリズムとか、共和党ｖｓ民主党とかの範疇《はんちゅう》を超えて世界中をかき混ぜまくっているネオコンのことや、オリガーキーとかディープステートと云われている人達のことを、どう見ているの？」と聞いてきた。

香太朗が少し考えてから……、

「冷戦終結後、米国の覇権《はけん》が弱くなっていくのと比例するように、そして、欧州諸国で宗教的幸福感の基本としてずうっと担保されてきた神を信じる道が薄れていくのと比例するように、この三十年で凄く変わってしまったことだと思うんだけれども……」

「民主主義は、金の力で何とでも出来ると云わんばかりに、猛烈なロビー活動と、スーパーＰＡＣや五〇一Ｃの制度なんかを巧みに使った合法的なワイロで、多くの政治家や官僚を抱き込み、お抱えのシンクタンクと、配下のメディアを使った情報操作で、言葉巧みに弱者民衆の思考を買い取るように引き寄せて、自分達の富と影響力を、恐ろしいほど迄に増強し続けている、上から零コンマ数パーセントの超上流者には、脅威《きょうい》を感じている」

「彼らを変な方向に暴走させないために重要なことなんだけど……。君の父上亡《ちちうえな》き後、米国政財界のエスタブリッシュメントには、明治維新の頃、我々に『下手《へた》に国際金融機関から金を借りると国を丸ごと持っていかれるぞ』と教えてくれた下田のハリスのような人とか、『中立の立場で真摯に情報を伝えるメディアの大切さ』を訴え続けた、クルマ王フォードのような人は居なくなってしまったのかって云いたいよ」

と応えると……、

「そうなのよ、トランプは普通の人ではないけれども……。

彼が今まで誰も触れなかったディープステートのことを、真正面からバンバン口にするものだから、皆に問題の核心に気付かれては困る連中が、配下のメディアを使って、トランプの変人イメージを増幅するように、彼の行動や発言の全てが奇行暴言のように取り上げては騒ぎ立て。一方、バイデンの次男やヌーランドなどの民主党系官僚が関係しているヤバイ事件や問題は殆《ほとん》ど報道されないというメディア情報の歪み～偏向報道が悲しい程に日常化しているんだけど」

「最早、そういう情報操作・心象コントロールのレベルを超えて、米国の民主主義は、殆ど形骸化《けいがいか》していていて……」

「一番の基本である大統領選挙や、

国連とか、ＷＨＯのような国際機関が。

そしてFRBの施策や、ペトロダラーの行く末などまでが。

ウォール街・情報メディア・軍事産業・創薬・デジタル革新の連携で稼ぎまくるトップ零コンマ一％の超金持ちに操《あやつ》られて、
米国を……、そして世界を良くするために、祖父や父が主導してきた筈のものが、今や全く違うものに狂ってしまっているのよ」

「香太朗……。

多分、近いうちに――ビックリするような大騒動が起きて――恐らくまた、三年くらい会えなくなると思うから、今日はとことん朝まで飲み明かしましょう」

二、飛行機事故の記憶

検査技師が途中から一人増えてモニターを凝視《ぎょうし》している。胃袋のバリウムを縦に横にと流すために冷たく固い検査台で転がされて、既に何枚も写真を撮《と》られたが、頭の方が足《そく》部《ぶ》より下になる緊《きつ》い体勢の画像が上手く撮れないようで、そこから先に進まない。

朝一番で受けたオプションの脳ドック検査の際にも居た助手が、オペレーション・ルームと検査室を何度も往復して機器の調整をしている。時流のコンプライアンス規制に縛《しば》られている彼は、私には何も話さない。そしてまたオペレーション・ルームに戻っていき、もう一人の主任技師と何やら此方《こちら》には聞かせられない話をしているのが、透明度の高い分厚いアクリルの窓越しに見える。

検査台に乗せられたままの重光香太朗《しげみつこうたろう》の頭の中では、『何でこの角度ばかりを何度もやり直すんだ』という苛立《いらだ》ちと、『まさか悪そうなところでも見つけたのか』という不安が交錯《こうさく》していた。

「それではもう一度、息を大きく吸って。ゆっくり右に回って～」

「はい。そこで止まって」

それからもう二回頭が下になる体勢を取らされて、やっと検査が終了すると、色白な主任技師から「重光さん。この後直《すぐ》に教授医の再診になります」と告げられた。

東京互恵《ごけい》医大附属病院西新橋本院は、二ヶ月前の二〇一九年一月に完成したばかりで、自慢の最新機器が備えられた検査室は一階の一番奥に位置する。

検査室を出た重光香太朗は、吹き抜けロビーの中央を高く上層に貫《つらぬ》くエスカレーターで上の階に向かい、指示された外来3Cという診察受付に、検査技師から手渡された受診ファイルを提出した。

私は順番が表示されるモニター正面の長椅子《ながいす》の二列目に座ると、「はぁー」と深く息を吐きながら両肩を落として脱力した。するとそれに釣られたように、右隣の幼児連れの若いお母さんが、何とも力の無い溜息《ためいき》を漏《も》らした。

後席では、間違いなく数分前にここで出会ったばかりの糖尿病のおじさんとおばさんが、私は血圧もこんなに高いとか、新橋の鳥聲《とりせい》の手羽先は絶品だとかで意気投合している。

「あらやだ。じゃあ鳥聲《とりせい》でご一緒だったことがあるかもしれないわねぇ」

「ウチはね、製麺工場をやってんだけど、毎日亭主と一緒は嫌なんで……。週に三日、木挽町《こびきちょう》の小手毬《こでまり》っていう割烹《かっぽう》料亭で仲居《なかい》をやってんのよぉ。

鳥聲に寄るのは、その帰りなの」

「そうなんですか。

私んとこは内装の工事屋でして、
本当なら今頃は息子に店を継がせて、ゴルフ三昧《ざんまい》の予定だったんですがねっ……。

野郎に店を継ぐのは嫌だって云われちゃいまして。

去年、ズーブルとかいうインターネットの会社に転職したんですけど、そっちの方が面白いらしくて」

「あら、でもイイじゃない。息子さん立派にやられてんだから。

私の姉のとこなんかね。一人息子が新聞記者をやってたんだけど、真面目《まじめ》病って云うかノイローゼになっちゃってさぁ。

お酒を呑んじゃ、偉《えら》い政治家さんの悪口を云って暴れるようになったもんだから、親がいい加減にしろって。四十二か三で新聞社を辞《や》めさせてねっ。その後、家の印刷会社の手伝いをさせてたのよぉ……。

そしたらさぁ、

去年の一月の下旬に物凄《ものすご》い大雪が降った日があったでしょう。あの日に倉庫で縊《くび》れているのをパートさんが見つけてさぁ。息子に先に逝かれちゃったもんだから、その後立て続けに両親も具合が悪くなって、あっという間にさよならグッバイよぉ」

『オイオイおばさん。病院の待合い室でその話はマズイだろう』

そう思いながら重光は、姦《かしま》しい後ろの二人の会話から自分のことに意識を戻すように鼻から深く息を吸い込んで胃袋に手を当てた。

そして検査の無事を祈るように目を閉じると、このところの疲れのせいか数秒で眠りに落ちてしまった。

すると、昨晩観た『日航機の墜落事故を振り返る番組』の残影《ざんえい》が脳裏《のうり》に投影《とうえい》され始めて、印象的なシーンの再生と早送りを繰り返すのだが、その自宅リビングの様子がハッキリ俯《ふ》瞰《かん》で見えているのに身体が全く動かない。

『んっヤバ……動けない』

…………………………………………………………

一九八五年八月十二日十八時十二分
日本航空123便は十二分遅れで羽田から大阪へと飛び立った
機内はお盆の帰省客などで満席だった

Ｂｏｏｍ……（突然の爆発音）
「機長大変です。何処《どこ》かが爆発しました」

飛行バランスを取るのに重要な
垂直尾翼《びよく》の約六〇％が吹き飛んだため
機体が強烈にダッチロールを始める

「スコーク七七《セブンセブン》」（緊急信号発信）

管制塔より日本航空123便へ
大島にレーダーで誘導します。方位九十度で飛行して下さい

異常を知らせるピープー音が鳴り響く中

「Ｂｕｔ　ｎｏｗ　アンコントロール」

「駄目です。まったくの操縦不能」

「山だ。山。正面に山ぁ」

「Ｒｉｇｈｔ　ｔｕｒｎ　ライトターン、頑張れ」

「駄目です。コントロールいっぱいです」

十八時五十六分、墜落
だが、何故か中々墜落場所が特定されず
翌朝の五時になって御巣鷹《おすたか》の尾根に墜落したことが判明

……………………………………………………

と、ここまで夢想《むそう》の映像が進んだところで、重光のズボン右前のポケットでスマホがブルブルと動いた。すると全く動かせなかった手足の金縛《かなしば》りがスーと解けて、現《うつつ》の実世界に舞い戻った。

私は「ほうっ」と唇を尖《とが》らせて、目をパチパチさせながら頭を左右に数回振って意識を整えた。そして気合を入れ直すように両膝《りょうひざ》を「ポン」と叩いてからスマホを取り出して、正面に大きなモニターがあるのに、スマホ画面の『三〇三号室の前まで進んで下さい』という案内を確認した。

院内各部署の連携の見直しの基に、予約から診察・検査・会計の一連の業務をクラウドで統合的にデータ管理するようになってから『この病院は本当に待ち時間が短くなった』と思いながら三〇三号室の方へ向かっていくと、診察室の前の黄色いソファーに座る間もなく「どうぞ、お入り下さい」と、小さな埋め込みスピーカーからマイクを通した人口的な男性の声が聞こえた。

開閉が無音なスライド式の扉を開けて診察室に入ると、早くも朝からの検査データが届いているようで、私と同い齢くらいの教授医が画像データを読影《どくえい》していた。

先生は「そこにどうぞ」と着座を促《うなが》しながらも、私の方を、一切見ることなく、データを凝視《ぎょうし》し続けた。その二分程の待ち時間が、何とも不安を煽《あお》ったが、「重光さん。大変お待たせしました」と踵《きびす》を返すと、

「今日はこれで終了です。

当院では、このあと最新のＡＩシステムで全データを読影《どくえい》し、その解析を基に専門医が

最終の診断を行いますので、検査の結果は来週になります。

オプションで受けて頂いた脳ドックＭＲＩの結果と人間ドック基本コースの結果を合わせてご説明をさせて頂きますので、まずはその予約なんですが……。

来週二十六日の火曜日の朝八時三十分のご都合は如何《いかが》ですか？

もしくは、二十八日木曜日の昼過ぎ十四時半から……。

このどちらかですと、私から結果をご説明することが出来るんですけれども」

「では来週二十六日火曜日の朝八時三十分からでお願いします」

と少し構えて行った『最後の再診』は、次回の予約といった感じで、此方《こちら》の力《りき》みとは裏腹に、何ともあっさり終了した。

診察室を出て外来３Ｃの待合に戻ると、数分前に自分が座っていた長椅子だけが何故かポッカリと空いていたので、私は同じ椅子に一人ゆったりと座った。

すると今度は、先程、隣で溜息をついていた若いお母さんのことが気になり出した。

『日本も格差が広がってきているからなぁ』

昭和の幻影《げんえい》とも云うべき『一億総中流という魔法のフレーズ』に何時までも縋《すが》ってしまったために、――『日本は格差拡大の気づきに遅れた側面がある』――と思いながら、私は肩を落として力無い溜息をついた、一寸見《ちょっとみ》は普通な母子《おやこ》の窮状《きゅうじょう》を慮《おもんばか》った。

――順番を知らせる座席正面のモニターが、ものの二～三分で外来3Cの受付カウンターに行くよう示した。


「朝から長時間お疲れ様でした。

次回の予約は、来週火曜日の朝八時半ですね。日時に間違いは御座いませんか？

ではこちらが次回の予約票で、これが下剤です。ご存じかと思いますが、今日はお水を沢山とって早めに全部出しちゃってくださいね。

それからこちらが本日の明細と精算の用紙です。

あちらのエスカレーターで一階に下りて頂きますと、左の奥に自動精算機が御座いますので、このQRコードを精算機に読み取らせて、お支払いください！

本日はお疲れ様でした。お大事にどうぞ」


カルテを運ぶスターウォーズのR2－D2に似たロボットを追い抜いて足取り軽やかに

下りのエスカレーターに乗ると、セッカチな重光にはその動きが妙に遅く感じられた。じれったくなってエスカレーターの階段を歩き始めると、『お大事にどうぞって何か変な云い方だな』と思いながら、残り二段の到着を待てずに、ヒョイと何時もの下界に飛び降りた。

精算を終えて、お気に入りのパネライ（イタリア海軍特殊部隊御用達《ごようたし》の腕時計）を確認すると、時刻は十四時十分過ぎだった。

三、欲望というエナジー

お腹のバリウムの具合を気にしながら、重光香太朗は二年前の二〇一七年四月より勤務する明修《めいしゅう》大学へと日比谷通りを急いだ。

「腹へったなぁー」

『この半端《はんぱ》な時間だと山の水ホテルでしかメシは食えないな』

そう思いながら内幸町の信号待ちでクルマのテレビを付けると、どのチャンネルも既に今朝方《けさがた》に見た『安倍首相絡みの森友学園問題』『籠池前理事長の初公判』のことを騒ぐニュースショーだったので、テレビをＦＭラジオに切り替えた。

するとハイファイなカーステレオの音がノイズ雑じりのレトロな歌声に一変《いっぺん》した。

通りゃんせ　通りゃんせ

ここはどこの細道じゃ

天神さまの細道じゃ

ちっと通してくだしゃんせ……

『この唄、久しぶりに聴いたなぁ』

懐かしがりながらステアリングの操作ボタンで音量を少し上げて、私はその童歌《わらべうた》を一緒に口ずさんだ。

「行きはよいよい、帰りは怖い……か」

正に検診帰りの今の気分だけれども、――『一強無敵で突き進んできた安倍内閣も、ここにきて怖い帰り道に嵌《はま》り出したな』――と、皇居のお堀を眺《なが》めながら思った。

――「今、お聴き頂きましたレコードの盤面には、作：野口雨情《うじょう》との印字があり、録音は一九二〇年頃とされているのですが、この童歌を調べてみますと既に江戸時代には子供の遊び歌として存在していたようですので、この作：野口雨情というのは、恐らくこのレコードの制作監修者という意味かと思われます」

「また、歌詞の内容についても、何処かの関所が舞台であるという説や、埼玉県川越市の三芳野《みよしの》神社が舞台であるという説。神奈川県小田原市南町の山角天《やまかくてん》神社、同市国府津《こうづ》の菅原神社が舞台であるという説があり、この三つの神社には皆其々《みなそれぞれ》に発祥の碑があるという、何とも謎の多い童歌であります」と男性アナウンサーが説明した。

「いつの世も謎ばかりか」そうボヤキながら二重橋前の信号で止まると、――『異次元金融緩和と規制緩和でデフレ脱却と経済の好転を目指すアベノミクスに、まだ景気が良くなったという成果の手応えが出てきていない中、準備に金を喰うばかりで見合う経済効果を生まない東京オリンピックの空振り。米中新冷戦の激化に伴うグローバル情勢の混迷と重なったら、流石に安倍総理も後がなくなるんじゃないか？』――と憂《うれ》いながら私はクルマのラジオを切った。

そして気分を切り替えて、来月からの『新三年生のゼミ』をどう進めるかについて考え始めた。

重光教授のゼミは、世を大きく動かした『政治×経済×国際関係の深謀《しんぼう》』を学びたい学生から支持されて、早くも担任三年目にして学部で一二《いちに》の人気ゼミになっていたが、それは幼少からの盟友で、明修大学国際関係学部の元教授石塚大也《だいや》と共に、学生の頃より色々と探求《たんきゅう》してきた蓄積素地《ちくせきそじ》があったからであった。

『今思えば最近騒ぎのＳＤＧｓだって、大也はその前のＭＤＧｓを訴求する愛知万博の頃から、――この問題は、今から本気で経営アジェンダに組み込んでやっていかないと、折角、日本は世界一の技術を持っているのに、それらを丸ごと外国勢にもっていかれて、二十年後に苦しみますよ――って壇上《だんじょう》で吠《ほ》えてたもんなぁ』

「大也《だいや》は、二十年先を完全に見通していたよなぁ」

気象庁前の交差点を斜め右にクルマを進めながら、重光香太朗は、二年半逢っていない石塚大也の面影を思い浮かべた。

そして一昨年に初めて受け持ったゼミでは、大也と以前より注視してきた――日本のマスメディアが変わり者のように伝えるのに、米国人の約半数を高揚《こうよう》させるトランプの不思議な力――について、ディープステートの存在と影響力も含めて、皆で徹底的に調べて、何度も何度も討議を繰り返したら、ゼミ生がとても伸びたこと。

二年目の昨年は三年生・四年生の合同で――アベノミクスは本当に大丈夫なのか？　金融緩和は、王道の経済政策であるが、平時に赤字国債を青天井に引き受け続ける日銀の異次元金融緩和は、一時的なシュガー・ハイを繰り返すダケで、末端の一般市民まで、その効果が行き渡らないのではないか？――という討論会を主催させて、その甲論乙駁《こうろんおつばく》をそのままＬＩＶＥ配信したら、ＳＮＳメディアから表彰されたことなどをツラツラと思い返した。

『さて、今年のテーマは何にしよう。
旬《しゅん》はクライメイト・ジャスティスだけど……。
イヤ、異常気象の人間責任の公平性は着火のテーマではないな。
あれは問題意識に火を付けた後に深掘りさせるテーマだ』

『とすると、やっぱりとっかかりは格差問題か……』

生死を彷徨《さまよ》う嵐に遭遇《そうぐう》して皆が懸命《けんめい》に暴風雨に立ち向かっているときに、一部の上流者がハナから同じ船に乗っていないことが明白《あからさま》に透けて見えてしまう『格差の深刻化』を危惧《きぐ》する重光は、右手の人差し指でステアリングをトントンと叩きながら、――世界の富豪『上位四十人』の資産総額と、地球の人口の半分強に当たる『貧困下位からの三十八億人』の資産総額が、約一兆五千億ドルで『ほぼ同額』であるという富の偏在《へんざい》（二〇一九年一月時点での推計）は、今後どうなっていくのか？――この辺りの投げ掛けが問題意識の着火～発火には打って付けだと思った。

そして、親の経済力、教育環境、学力、学歴、就職先、その後の本人の経済力、文化消費、情報量、人生経験、居場所、自信にまで広がっている格差の実態を調査させてから、親日の台湾人が云う『失われつつある日本精神《リップンチェンシン》（元来日本人が持っていた公正で寛容、勤勉で利他的な清廉潔白《せいれんけっぱく》さ、一視同仁《いっしどうじん》な社会規範など）』の再評価もやらせたいと思った。

二〇一四年、経済学者のトマ・ピケティは、一八世紀まで遡《さかのぼ》ってデータを分析し、――労働で得られる所得よりも資産運用で得られる所得の方が成長が早く大きいため、資産を持っている者はより裕福になり、労働でしか稼げない者は相対的にいつまでも裕福になれない――と説いて世論を騒がせたが、重光は、その続きが刻一刻と更に進んでいっていることを学生に考えさせたかった。

またそれと合わせて、――①世の中が過去の経験の延長線上には連続されず、非連続に刷新《さっしん》されるデジタル社会に急変していること。②企業の格付け評価に於いても、現保有の有形資産の総額よりも、未来を開拓する無形デジタル資産をどれだけ有効に使えているかを注視する傾向が強まっていること。③そのデジタルには、オープンに平等を実現させる力と、驚異的な独《ひと》り勝ちを助長《じょちょう》してしまう力の『両面性』が有ること。――この三点についても熟考させたかった。

今後の高度デジタル化で、これまで以上に『無形デジタル資産の価値と影響力』が増していくとき、それを一般弱者がキャッチする前に上流強者が全て先取りしてしまうと、限られた者だけが『資産の運用益』と『革新の恩恵』の両方を『ダブルで手にし続けること』になって、益々格差が拡大してしまう。

従前の常識を破壊しながら未体験ゾーンへの進化を促すデジタルトランスフォーメーション（DX）は、バリューチェーンやビジネスモデルの刷新を導きながら嘗《かつ》てない生産性の飛躍を実現し、多くの分野でAI化・ロボット化された無人のデジタルパワーが、額《ひたい》に汗かく人間の労働よりも大きな利益を稼ぎ出すようになっていくだろう。

また、地味ではあるが、バックオフィスのDXは、売上と利益を見ることが中心だった経営を、帳簿上、隠れて見えない部分《ところ》の多い投資開発の実態までを可視化しながら、資本コストや資本効率のリアルタイム確認として、ROIC・WACC・ROE・PBRなどを確《しっか》り見《み》ていくFP&A方式に経営を変革していく……。

そして、そういった経営基礎能力の革新と併行して、ブロックチェーン／NFT／AI／量子技術などの活用がどんどん進んでいき、トークノミクス、クリプトエコノミー、メタバースなどが、日常で当たり前に多用されるようになる……。

すると、その『実』『虚』の融合は、社会生活での『現金』と『デジタル暗号資産』の役割や価値を、それ迄の通念常識とは全く違う『CBDC（中央銀行デジタル通貨）を基軸とする新秩序』にリセットしながら、ペトロダラーを始めとする世界の米ドル基軸体制に終止符を打ち、入出金・送金・決済などの『グローバル金融システム』を抜本から刷新してしまう……。

更には、従前のような中央集権的な組織とは違う、自立分散型の非中央集権組織（DAO《ダオ》法人やDAO《ダオ》政党）が出現して、社会での合意形成の流れ・スピード、熱量・コミュニケーションの在り方を、根底から変えていく……。

そういった『これ迄の経験の延長線上にはない、抜本からの社会システムの変革』が次々に実現されていくとき、その進化の受益を、皆が平等に享受《きょうじゅ》出来るようにするのが、DX戦略の目指すところなのだが……。

そこで厄介《やっかい》なのが、鮪《まぐろ》と同じに止まることが出来ない人間の欲望というエナジーで、スピードが命の情報化社会でそんな変容予測が説かれれば、忽《たちま》ちの内に――『既に裕福で資産運用とデジタル革新の両方を行える者は、これ迄よりも更に優位に確実性高く、新たな富を勝ち取れますよ』――と注釈《ちゅうしゃく》された符牒《ふちょう》が、秘かに富裕層から回覧されて、金持ち優位のままに次代が動き出してしまうのだ。

「でも、その欲望の競争に負けないように独自の力を養うことが、競争レベルUPの原動力なんだよなぁ」

そんな擬《もど》かしい欲望の問題が頭を過《よぎ》るばかりでゼミの構成は全く纏《まと》まっていなかったが、駿河台下の交差点に到着したので、重光は一旦ゼミのことを考えるのを止めにした。

そして、愛車BMWのクリーン・ディーゼルの力強いトルク感を楽しむように、上り坂を加速して、生彩《せいさい》宜しく山の水ホテルに乗り入れた。

四、消えない記憶

あれは中学二年になったばかりの四月の初旬だったと思う。

寅さん映画のヒットで活気に溢《あふ》れる柴又帝釈天に参る道すがら、重光香太朗は、父親から『重々帝網《じゅうじゅうたいもう》』という難しい言葉を習った。

重々帝網《じゅうじゅうたいもう》というのは空海が真言密教《しんごんみっきょう》の精髄《せいずい》を謳《うた》った詩文に出てくる言葉で、――帝釈天が世に投じた幾重《いくえ》にもなる網には沢山の宝珠《ほうじゅ》が付いているが、その宝珠は個々に光り輝くに留まらず、反目《はんもく》する珠と珠ですら感応《かんのう》して相互に煌《きら》めき合い、帝網《たいもう》全体の輝きを増している――という究極の動静《どうせい》バランスのことなのだが……。

父はそれを、

「人は直に此方《こちら》と彼方《あちら》を比べて何方《どちら》かの取捨選択をしてしまうが、両極に相克《そうこく》する強い個性が輝いているならば、安易な二者択一はせずに、両者を活かして世の振れ幅を知り、全《ぜん》幅《ぷく》の人知を極めることを考えてみなさい、という『習合《しゅうごう》』『両利《りょうき》き』の教《おし》えなんだよ。

此《こ》れが不思議なことに、お父さんが研究している『独逸《どいつ》のアウフヘーベン（止揚《しよう》の考え方)』と似ているんだなぁ」

と説明してくれた。

そして帰り道には……、

「日本人は古来より漢や欧米の先進文明に何度も脅《おびや》かされてきたから、舶来の最先鋭《さいせんえい》を学び入れるときに、外国に呑み込まれて属国化《ぞっこくか》してしまわぬように、日本の魂がゼロになってしまう輸入を嫌ったんだな。

そこで日本人は『重々帝網《じゅうじゅうたいもう》』の考え方に倣《なら》って、『和魂漢才《わこんかんさい》』という対立調和の咀嚼《そしゃく》術《じゅつ》を編《あ》み出したんだよ。

日本の資本主義の父と云われる渋沢栄一の『論語と算盤《そろばん》』という本にも、『士魂商才《しこんしょうさい》の合本主義《がっぽん》』という、これとよく似た考え方が説《と》かれているから読んでみるといい」

と補足の説明もしてくれた。


父重光啓吾は、労働法と借地借家法を専門とする弁護士《べんごし》だったが、それと同時に、『哲学、藝術、科学、技術、理性、意識、概念、帰納《きのう》、演繹《えんえき》』などの言葉を西洋語の訳語として考案し、日本語として普及させた哲学者『西周《にしあまね》』(独逸学協会学校/現獨協学園の初代校長)の研究家としても有名な『両刀使いの人』であった。

そんな父が、この『重々帝網《じゅうじゅうたいもう》』の話をしてくれたとき、私は父が自分を大人扱いしてくれている気がして妙に嬉しかった。

――この頃、父と私は、毎週土曜日の夕飯を京成高砂駅前の洋風レストラン『パンの耳』で頂くのがお決まりだった。

そしてそのテーブルには、毎度必ず、店主の一人息子で私の幼少からの親友石塚大也《だいや》が同席したのだが、その仲睦《なかむつ》まじい男だけの食事には、三年前（一九七一年七月三十日）の心憂《こころう》れい記憶が封印されていた。

香太朗の母順子と妹の真希は、大也《だいや》の母親雅子さんを誘って、新創刊誌アンノンの特集で評判となっていた北海道へ夏休みの旅行に出掛けていった。

そして富良野・美瑛・小樽・札幌と廻る食道楽をたっぷりと満喫したその帰り……、

「あっ、もしもし順子です。

飛行機が四十五分ほど遅れてまして、これから搭乗《とうじょう》です。

私たち美味しい蟹《かに》やホタテを一生分頂いたので大満足です。

お土産も沢山買いましたから」

空港の公衆電話から父にそう電話をしてきて、十三時二十五分に千歳空港を羽田に向けて飛び立ったのだが、その三十七分後、岩手県雫石《しずくいし》町の上空で三人を乗せた旅客機と自衛隊の訓練機が衝突《しょうとつ》したのだ。


「もしもし香太朗。お父さんだ。

今な、旅行代理店から電話があって……。

お母さん達が乗った飛行機が、事故に遭《あ》ったみたいなんだ。

まだ詳しいことは何も分からないんだが、お父さん、これから石塚さんと羽田空港に行ってくるから。香太朗は大也《だいや》くんとパンの耳で待っていてくれ」


夏休みの工作をしていた僕は、電話を切ると取る物も取り敢《あ》えずパンの耳に走った。

途中何人かの大人と歩道で衝突《しょうとつ》した気がするが、どの道を行って、どのようにぶつかったのか思い出せない。

右に曲がれば直ぐパンの耳という、駅前の角に差し掛かった所で、大也《だいや》のお父さんが慌《あわ》てて店を出ていき、物凄《ものすご》い勢いで京成高砂駅の階段を駆《か》け上がっていくのが見えた。

息を整えながら数軒先の店前に行くと、僕の到着を分かっていたかのようなタイミングで大也が出てきて、入口の札《ふだ》を『準備中』の表示に裏返した。

そして二人は店の上の住まいに駆け上がり、リビングのテレビを付けた。

はじめの内は何処のチャンネルも、――「午後一時二十五分に千歳空港を出発した羽田空港行きの全日空機が、岩手県雫石町の上空で自衛隊機と接触した模様です。詳しい情報が入りましたら番組を中断して状況をお伝え致します」――という臨時速報だった。

僕らはこの先どう成るのかが怖《こわ》過ぎて、ひと言も喋《しゃべ》れなくなっていった。

そんな二人の沈黙を察したかのように裏庭の蟬時雨《せみしぐれ》が谺《こだま》する中、長い夏の午後の時間がジリジリと進んでいった。

陽《ひ》の傾きと共に凄惨《せいさん》な事故の状況が分かってくると、大也《だいや》は一人テレビから離れて、壁際の板の間に直《じか》に座って膝《ひざ》を抱えた。

夕暮れの薄闇《うすやみ》に悄然《しょうぜん》と項垂《うなだ》れる大也の姿が堪《たま》らず、僕は窓外《そうがい》に目を逸《そ》らした。

すると窓前《そうぜん》まで伸びた欅《けやき》の枝にしがみ付いている半透明の空蟬《うつせみ》を透かして、沈みかけの夕日がウルウルと大きく滲《にじ》んで揺れ出した。

僕が油蟬《あぶらぜみ》に紛《まぎ》れて圧《お》し殺した泣き声を洩《も》らすと、大也《だいや》も堪《こら》えられなくなり、堰《せき》を切ったように二人は大声で哭《な》いた。

この事故で自衛隊機の乗員一名は緊急脱出に成功して助かったが、旅客機の乗員は、一六二人全員が犠牲となった。

――僕と大也は、柴又帝釈天のカビラエ幼稚園で出会って以来、凹凸が引き寄せ合うような相性でとても仲が良かったが、この辛苦《しんく》の事故を挟《はさ》んで更に格別な相即不離《そうそくふり》の親友に成っていった。

事故直後まだ小学五年生だった僕らは、大きく穴が空いた家庭の景色から気を逸《そ》らすように中学受験の勉強にのめり込んだ。すると脳が柔らかい時期の集中力というのは凄いもので二人の成績は鰻登りに上昇し、翌々年（一九七三年）の二月、二人は揃って最難関の教育大附属 京駒《きょうこま》中学に合格してしまった。

京駒《きょうこま》中学に通うようになると、其々《それぞれ》の個性と年頃の自我《じが》がくっきりと出てきたが、僕らは各々《おのおの》独自に進む道と二人共通の路線を上手に組み分けて、更に親交《しんこう》を深めていった。

球技が得意な香太朗は硬式テニス部。武道で心身を鍛《きた》えたい大也は柔道部と別の部活を選んだが、毎朝五時半から、江戸川の土手を一緒にランニングした。そして二人は早くも中学一年からレギュラーの選手となり、それまでの京駒には無かった好戦績を残した。

――正確に何時からだったかは定かでないが、僕はこの頃にはハーフでダンディな大也のお父さん（石塚丈一《じょういち》）をダディと呼ぶようになっていて、大也も僕の父（重光啓吾《けいご》）を（香太朗のパパを略して）コパと呼んで、亡き母達の代わりに父親が二人居るような親戚付き合いになっていた。そしてパンの耳がお休みの月曜日にはダディに英語を習い、日曜の午前中にはコパが有楽町駅前の吉村・桜木・重光法律事務所で主催する『アウフヘーベン研究会』に参加した。

そんな僕らにとって『自衛隊』という三文字は特別だった。それは嫌悪《けんお》からではなく、深く確《しっか》りと知っておきたいテーマとして別格だった。

僕らは、日曜午前中の『アウフヘーベン研究会』の後には、必ず日比谷図書館に足を延ばして、縮刷版に纏《まと》められていた一九四一年十二月からの新聞記事を読み漁《あさ》った。そして興味を唆《そそ》られた時事については、関連の書籍も手当り次第に読んでいった。

すると中二になる頃には、敗戦・日本国憲法・GHQの占領政策・米ソ冷戦・TV局の開局・原子力の平和利用たる原子力発電・朝鮮戦争・警察予備隊・自衛隊・日米安保条約の改定・ベトナム戦争・日本の学生運動・米国原子力艦艇の佐世保寄港阻止闘争・小笠原諸島返還・沖縄返還・日中国交正常化・中東戦争・オイルショックといった主な出来事に加えて、関連する政治・経済・国際問題の詳細迄が、かなり頭に入っていた。

「なあ香太朗。俺達さぁ、この辺りで一旦、図書館通いは卒業にして、次は米軍基地に行ってみないか？」

「えっ米軍基地の実況見分？　それ凄いね。でも米軍キャンプって入れるの？」

まだPCもスマホもなく、何でも簡単にネット検索で調べられる時代ではなかったのに、何所《どこ》で情報を仕入れて来るのか、大也は福生《ふっさ》の米軍ハウスや入間のジョンソンタウン、横須賀のドブ板街などについて色々と知っていた。

そして大也によれば——来月の五月四日に、横田基地でFLEAマーケットがあり、日本人一人に米国人一人の引率が付けば未成年でも基地に入れる——とのことだったので、僕らはインターナショナルスクール（IS）の友達を誘って福生《ふっさ》に行ってみることにした。

テニスの交流試合で知り合ったISのモーリー・スペンサーらと朝九時に国鉄立川駅の改札前で待ち合わせたのだが、彼らは二十分待っても四十五分待っても来なかった。

それでも待つしか術《すべ》がなく、僕が大也に「時間にルーズな奴らで御免な」と詫《わ》びるや否《いな》や、大也が忽然《こつぜん》と青梅線の乗り場の方に向かって走っていった。

「すみません。その迷彩服《めいさいふく》から推察するに米軍基地の方ですよね。僕達、基地の蚤《のみ》の市《いち》に行きたいんですけれども案内して頂けませんか？」

「ＯＫ、全く問題ないですよ。これから横田基地に戻るところですから」

「本当ですか、助かります。あそこの友人を呼んできますから、ちょっと此処《ここ》で待ってて頂けますか」

「ん？　ところでアナタは高校生……？　Ａｈ～、ＩＳの生徒さんだね！　英語がネイティブですから」

駅からの福生《ふっさ》の街並みにも異国の匂いがして興奮したが、ゲートで学生証を提示して基地の中に入ると、そこは完全にＵＳＡだった。スーパーの品々、飲食店のメニュー、ピザやステーキの大きさ、Ｔシャツにジーンズ、乱暴に投げ積みされたＬＰレコード、爆音のＬＩＶＥステージ。目に入る全てがアメリカだった。

のこのこと昼過ぎにやって来たＩＳのスペンサー達と取り敢えず一緒に昼食のピザを食べたが、今日は開放のイベントＤａｙなので僕らに米国人の同伴は不要だと分かると、彼らは匆卒《そそくさ》と『華麗《かれい》なるギャツビー』を観に基地内の映画館へ行ってしまった。

僕らも反《かえ》って清々して二人でゆっくりと展示の戦闘機を見てから蚤《のみ》の市を回った。

僕はまず、マーヴィン・ゲイのホワッツ・ゴーイン・オンとプロコル・ハルムの青い影のLPを、廉価《れんか》なカットアウト盤《ばん》で買った。

大也はまだレコードを物色《ぶっしょく》していたが、数軒先に『先週到着したばかり＝最新でホットなUSA＝』とダンボールに殴り書きした露店があったので僕は其方に移動した。

そしてレコードを抱えながら、ブルーシートに陳列されていたスニーカーやスケートボードを眺めていると、かなり酔っぱらっている様子の店主がバーボンなど何処《どこ》にも無いのに……、

「HEYボーイ、そのバーボンを買ってくれないか？
五千円で買ってくれるなら、キャメルも二箱付けちゃうよ。
君も酔っぱらって全てを忘れたいんだろう……」

「えっ、バーボン？」

「買うの、買わないの？
要るの、要らないの？」

「続けるの、ぶち壊すの？

あなたの気持ちはどっちなの？」

と店主が声を荒げた。

「浮気に走ったのはアイツの方なのに開き直りやがって。

私はハッキリしない男が大嫌いなのよって……、いったい何様のつもりなんだよ」

すると、騒ぎを憂《うれ》えて飛んできた大也の到着よりも早く、奥から上官らしき男が出てきて、

「ゴメンナサイ。こいつは先週赴任《ふにん》してきたばかりなんだけど、出国直前にフィアンセにフラれたみたいで。朝からヤケ酒を煽《あお》ってるのヨ。

昨晩、そのレコードをかけて泣いていたから、君が持っているＬＰのジャケットを見て、また思い出しちゃったんじゃないかな。

後でちゃんと叱っておくから許してくれる。本当にゴメンね」

と英語で詫《わ》びられた。

「貴殿《あなた》のお話でやっと事情が分かりました。

基地の治安を含めて、日頃より日本の平和を守って頂き有難う御座います」

と香太朗がスラスラ英語で返すと、その上官は姿勢を正して、中学二年生の香太朗にビシッと答礼《とうれい》を返した。

五、バタフライエフェクト

「Ｇａｈ……。

双子の赤字問題を解消したクリントノミクスは褒めてやるが、奴の外交、特に中東政策は、本当に身勝手《みがって》で場当たり的だった……」

二〇〇一年の一月二十日。親子二代で米国大統領となったジョージ・Ｗ・ブッシュは、就任早々、頭を抱えていた。

米国は軍事力・経済力ともに、まだ何とか世界一ではあるが、嘗《かつ》ての圧倒的な一番ではない。

このときブッシュが最も恐れていたのが、ここ数年で急激に米国への憎しみが増している、反米組織からのテロ攻撃だった。

するとブッシュは、――『テロ対策として、外国から米国に入る全ての情報をチェックしたい』――と云い出す。そしてＮＳＡ（国家安全保障局）に、情報の取り扱いに関する厳しい法規制を便宜上受けないで済む――『国境を少し越えた国外』で――、ＡＴ＆Ｔの光ファイバーケーブルから暗号化される前の生の通信データを全て抜き取るよう求めた。

それは大統領と云えども、司法裁判所の許可を取らなければ行えない行為である。しかしブッシュは、司法裁判所の許可を取らずに、その命令を出してしまった。

AT&Tは、その行為が限りなくブラックに近いことを知りながらもNSAの命令に従った。そして異国から米国に入る情報を全てNSA用にスプリッターで分配コピーして、その全データを丸ごと送り続けた。

しかし数ヶ月も経つと、その奇妙な業務に疑念を持つAT&Tの職員が現れ始め、その騒ぎを嗅ぎ付けた反ブッシュの民主党議員が大統領に疑義《ぎぎ》を申し立てる。

そして議会にブッシュを二度呼びつけて真偽《しんぎ》を問い詰めるのだが、大統領が「そんな事実はない」としらばっくれた直後、一連の詰問《きつもん》を掻《か》き消す最悪の大事件が起きてしまう。

二〇〇一年九月十一日（火曜日）の朝。

アルカイダにハイジャックされた大型旅客機が、マンハッタンの世界貿易センタービルに突っ込んだのだ。

この同時多発テロ事件により米国では渦中《かちゅう》の諜報《ちょうほう》活動の疑義《ぎぎ》が有耶無耶《うやむや》になっていく。

そしてその後、ブッシュからオバマへと大統領が代わっていく中、NSAは、さすがに通信土管からの情報のマル抜きには問題が多く、技術的にも限界だと別の方法を模索《もさく》し始める。

するとNSAは、オーディエンスのネット上の行動解析を基に、欲している人のみに、的確な情報を、適切なタイミングに提供するデジタル広告のターゲティングに、自分達がやりたい『個人の特定』との同種性を見出して、海底ケーブルからの情報のマル抜きの代わりに、このターゲットセグメンテーションの技術が『テロ犯の炙り出し〜追跡』に使えるのではないかと検証を始める。

そしてこの技術は使えると判断したNSAは、当時一万五千社あったデジタルデータを取り扱っている企業に、――『貴社が集積している顧客の行動データを全てNSAに提供してほしい』――と要請する。

しかし要請された企業側には、既に利用者と結んだ契約があり、その契約内容に違反する情報の開示に応じる企業はなかった。

――ところが少しすると、一社だけ、他社とは違う動きに出る企業が現れた。

二〇〇四年の春、既にPCネットの検索モデルで成功し大企業となっていたズーブルは、傍目《はため》には絶好調に見えたが、実はこのとき、ブログや高圧縮な動画の活用にて全てをズーブルより軽く早く取り廻すSNS『フェイスビット』の登場に戦々恐々《せんせんきょうきょう》としていた。

するとズーブルはNSAの協力要請に手を上げて、――『弊社は他社よりも深く濃密なユーザーデータの提供に協力したい。ついては、ユーザーの行動データの取得～その履歴データの取り扱いにおけるブラックゾーンへの踏み込みを内々に許可して頂きたい。この協力は、デジタルに関する法整備が技術革新やビジネス変容のスピードに追いついていない今の内しか行えない』――と持ち掛けたのである。


米政府からの秘密裏《ひみつり》な内諾《ないだく》と、NSAよりの多額な資金援助まで得たズーブルは、まずズーブルMAPタウンビューの全世界網羅《もうら》と精度UPを行いながら、同時にメール情報スキャンの更なる強化版たる『プリーフィというクッキー追跡ソフト』をユーザーのPCにどんどん忍ばせていき、世界中のユーザーの情報摂取行動と情報発信行動の追跡を始める。そして場合によっては更なるマルウェアの仕込みまで行って、その全てのデータをNSAに提供した。

また、インターネット広告の『ダブルクリップ社』の買収も行い、リーチ出来るオーディエンスの数の拡大と、フェイスビット対策としてのビジネス基盤の強化の『両面』を整えた。

このズーブルを絡めた米国の諜報《ちょうほう》活動は、九年後の二〇一三年に、ＮＳＡ及びＣＩＡの元局員エドワード・スノーデンが、米国の諜報《ちょうほう》活動について暴露《ばくろ》したこと。そしてドイツのメルケル首相が『私は米国に携帯とＰＣを覗《のぞ》かれていた』と騒いだことで広く世界に知られることとなったが、不思議な程に、この米国の諜報《ちょうほう》活動について『日本のマスメディアが』多くを語ることはなかった。

六、スペキュラティブ・デザイン

二〇〇〇年代に入ったばかりの頃、重光香太朗が勤務する帝通は、他の追随《ついずい》を許さぬ圧倒的なメディア支配力を背景に、情報コミュニケーション業の頂点に君臨し、顧客企業の成長と日本経済の発展を見事に両立実現する不沈空母《ふちんくうぼ》のような巨大企業であった。

その能力は、◆新聞／雑誌／ラジオ／テレビ／インターネット／アウトオブホームメディアを活用してのマーケティング・コミュニケーションに留まらず、◆店頭販促からリテイルテイメント、◆オリンピックなどの超大型イベントのプロデュース、◆オンラインとオフラインを連携させた広報ＰＲ、◆問題点や戦略ポイントを炙《あぶ》り出す様々な調査の実施、◆新たな市場を掘り起こすＲ＆Ｄ商品開発、◆的確な顧客接点の構築、◆流通ロジスティクスの最適化、◆映画やアニメなどのコンテンツやライツの開発、◆クライアントの海外進出やグローバル事業展開の支援、◆利益創出～雇用～採用～社会貢献などのサスティナビリティ構築、◆存在価値を高めながらその理解・共感・心酔《しんすい》ファンを醸成《じょうせい》していくブランディング、◆そして経営革新や事業立て直しのフルコミット・コンサルティングまでと、帝通に出来ないことはない、と云わんばかりの存在感を示していた。

しかし香太郎は、そういった能力と実績が凄ければ凄い程、帝通は自分達が築き上げてきたクリエイティブな仕事を、早く少人数で実現しようとするデジタルソリューションを何処《どこ》か本能的に疎《うと》んじてしまい、知らず知らずの内に自身の高度デジタル化に出遅れて、常に先進のリーダーであった筈の帝通が、次なる超デジタル社会においては、創業来初めて後塵《こうじん》を拝《はい》することになるのではないか、と憂慮《ゆうりょ》していた。

朧気《おぼろげ》に、そのような帝通の衰微《すいび》を懸念《けねん》し始めた一九九九年の晩夏《ばんか》、重光香太朗は、当時米国で発売されたばかりのＰＶＲ（パーソナル・ビデオ・レコーダー／ビデオテープにではなく、機器内蔵のハードディスクにテレビ番組をデジタル録画する新家電）を試使用テストするために、サンフランシスコに出張した。

それまでテレビの録画と云えば、放送より少し画質が落ちるアナログのビデオ録画で、録画テープが何本も溜まると結構嵩張《かさば》って邪魔《じゃま》であったが、このＰＶＲだと、機器内のハードディスクに何十もの番組を殆ど劣化感《れっかかん》のないデジタル高画質でストックしておける。

「これは便利だ。絶対に普及する」

『でも待てよ……。こいつが売れてしまうと、面白そうな番組は取り敢えず録画しておいて、後でタイムシフト視聴するという新しいライフスタイルが定着するな……』

そうなると放送を生で見る機会が減り、——『これ迄テレビ広告の価値指標として重視してきた視聴率が下がることになる』——と香太朗は眉間《みけん》に皺《しわ》を寄せた。

その上、デジタル録画機での再生では、リモコンのワンボタンで簡単にCMをスキップ飛ばしすることが出来てしまうのだ。

「帝通のドル箱、民放のビジネスが、徐々に苦しくなるなぁ……」

また香太朗は、今後のメディアの趨勢《すうせい》としても、——インターネットとモバイル機器の更なる普及台頭《たいとう》により、個人のメディア化、企業のメディア化がドンドン進んで、これ迄のようにマスメディアが特権者の如く情報を牛耳《ぎゅうじ》る時代は終焉《しゅうえん》する——と考えていた。

「近い将来、情報ビジネスの構造や常識が大きく変わる」

そんなことから香太朗は、米国出張から戻ると次代への対応戦略を真剣に考え始めるのだが……。

そのとき彼は、今後のメディアの主流が『テレビか、ネットか』の二者択一ではなく、PVRの出現により従前よりも便利に楽しみ易くなったテレビの魅力を、ネットとの連携にて更にもう一段上に引き上げるような、そんな『新しいデジタルメディア』を創出することは出来ないか、と知恵を絞《しぼ》ったのだ。

「PVRを、ただ多くの番組を録画できるダケのデジタル録画機で終わらせてしまっては勿体《もったい》ない……」

こういった観点から、香太朗は、『PVRを核にテレビの魅力とインターネットの利便性を融合《ゆうごう》させる』には、――放送を受信して録画するという録画機の基本機能に加えて、無線の高速通信機能とPC並みの処理能力をPVRに併せ持たせる必要がある――と考え、まずは『次世代PVR』の技術要件と機器の仕様を詳細に整理した。

そして次に、その次世代PVRを視聴デバイスとする新しいデジタルメディアの『ビジネスモデル』を徹底的に練り上げた。

従前のテレビ録画では、放送されたとおりに録画され、録画されたとおりに番組本編とCMが再生されたが、香太朗が考案したのは、――『番組の本編はそのままに、放送時の

ＣＭは全て取り払い、その跡地にネット連携の高度な制御で新たな別ＣＭを挿入し直して再生する『ＣＭの差し替えモデル』――であった。

香太朗は、このＣＭの差し替えモデルにて、
◆ノートＰＣのようにテレビモニターのフレームにカメラを装備し、画像識別技術にて、視聴者を精度高く識別・特定する。
◆視聴者の『情報摂取行動』『在圏滞留・移動』『消費行動』を掌握するビッグデータ構築して、データドリブンに広告の最適化を行う。
◆そして、従前よりも格段に精度の高いターゲティング広告を実現するニューメディアを。
◆ＰＶＲでテレビ放送とネットを融合連携させるニューメディアを。
◆全局・全番組のイイとこ取りのような、各視聴者にとって見たい番組がオンパレードの録画ストックにて、安定の高視聴率を確保する録画再生メディアを。
◆その録画再生におけるＣＭの差し替えを、ＰＶＲユーザーの私的録画利用権のユーザー許諾《きょだく》を得て展開することで、テレビ事業において最もお金の掛かる番組制作も、オンエアも行わずに事業展開が可能な前代未聞《ぜんだいみもん》の録画再生メディアを、創出しようと考えたのである。

「これなら次代のメディアビジネスを牽引できる」

そんなことから香太朗は、このＮｅｗメディアを『Ｏｆｆ　Ａｉｒ　ＴＶ』と命名して、特許庁にそのビジネスモデル特許と商標の取得を申請し、二〇〇一年の十一月五日に、その申請が受理された。

七、リングワンダリング

今は背の高い建物が密集してしまったため分かりづらくなったが、四谷荒木町は地域一帯が擂鉢状《すりばちじょう》に抉《えぐ》れた窪地《くぼち》で、クルマの通れない古く細い坂道と階段路《みち》に囲まれている。江戸時代、この地に上屋敷を構えた美濃高須藩の藩主『松平摂津守《せっつのもり》義行』は、その地の利を活かすように、江戸八井の一つと云われた『策《むち》の池の大滝』の流下《りゅうか》に庭園を造った。その『策《むち》の池の大滝』が大政奉還《たいせいほうかん》の廃藩置県《はいはんちけん》が済んだ後に一般に開放されると荒木町は忽《たちま》ち観光名所となり、明治から昭和の初期に掛けては、滝見・花見の茶屋や料亭が軒《のき》を並べる花街《はなまち》として殷賑《いんしん》に満ちていた。

その名残《なごり》であろう。今もこの街は夜の帳《とばり》が下りると俄《にわ》かに艶《なま》めかしく煌《きら》めき出す。

荒木町杉大門通りの『雑炊荒武者』は、香太朗と大也が毎度利用する行きつけの店で、今日（二〇〇四年四月九日金曜）は香太朗が、『ちょっと大也の意見を聞きたいことがあるんだけど』と、恒例の呑み会に誘ったのだ。

「お母さーん。注文お願いします。

「中生《ちゅうなま》を二つと……、蟹《かに》サラダに鶏《とり》の唐揚《からあ》げ。あっ、あと納豆豆腐《なっとうどうふ》を二つ、カラシ多めで下さい」

注文を終えると初めは静かに近況を話していたが、乾杯して胃袋にビールを流し込むと、二人は直《すぐ》に弁舌滑《べんぜつすべ》らかになっていった。

「大也が先週の毎朝新聞に書いてた、――実は米ソ冷戦の終結《しゅうけつ》を境に、日本は経済では米国に敵視《てきし》されていて、同盟国なんて云っていられない程の結構な封じ込めを受けている――っていう話」

「あれさぁ、最近益々酷《ひど》くなっている気がするよ」

東西冷戦が終結すると欧米の先進国は一斉にグローバル経済への転換を進めた。しかし日本はバブル崩壊の後処理に追われていて殆どその対応が出来ず、その間、半端に大きい日本の国内市場に獅噛《しが》み付いてしまった。そのため家電や精密機器などの多くが、国内だけでの孤高な進化を続けることになり、気が付けば世界のデファクトスタンダードと技術仕様も商品規格も異なる、日本人しか使っていない、不要に高機能で高価格な商品ばかりになっていた。

「最近騒ぎのガラパゴス問題っていうのは、――米国に従っていれば安泰と思い込んでいたら、知らぬ間に、米国に日本人の才覚を封じ込められていた――って云う大也説の典型でさぁ……、『ソニーのテレビは世界一／ホンダのF1技術は最高』って褒められてスッカリその気になっていたら、いつの間にか、その能力を披露する場がなくなっていたって云う話だと思うんだよ」

「そうそう。あれは日本製品は凄い、敵《かな》わないって煽《おだ》てながら、これまで散々儲《もう》けてきたんだから今はバブル崩壊《ほうかい》の後処理《あとしょり》に集中しろって、優秀な日本製品が世界に出ていかないように圧力を掛けて、それを円高と被《かぶ》せて日本の勢いを削《そ》いでいるからねぇ。

圧倒的な一番でなくなってからの米国の強《したた》かなやり方を、ちゃんと学習し直して、此方《こちら》もお付き合いの仕方を変えていかないと、俺たちマジで食い物にされちまうよなぁ」

するとその大也の話に乗るように、――「此《こ》のところのニッポン株式会社の低迷と何処か似ているんだけど、最近帝通も、少しずつ何かが狂い出している気がするんだよ」――と似合わない顰《しか》めっ面で香太朗がボヤキを漏《も》らした。

香太朗が云うには、――帝通は相変わらず不動の業界トップではあるのだが、インターネット革命が、これだけ騒がれているのに、そのビジネスへの影響を、何処か他人事に見ているところがあって、本気本丸ではデジタルの世界に足を踏み入れず、新進気鋭《しんしんきえい》と騒がれてはいるけど、ぽっと出のネット系ベンチャーなんぞに帝通の牙城《がじょう》を崩されることはないと思い込んでいる――というのだ。

「ほう。香ちゃんが愚痴《ぐち》るなんて珍しいな。戦艦大和だって沈むときは沈むっていう辛辣《しんらつ》な話だね……」

「最近思うんだけど、現在、周回遅《しゅうかいおく》れの企業は、このインターネット革命を千載一遇《せんざいいちぐう》のチャンスと一気にデジタルシフトして、命がけで逆転の変革に邁進《まいしん》するけれども、百年も旧マスメディアを牽引《けんいん》してきた帝通は、その旧来のビジネスを捨てることが出来ないから、ネットメディアの活用やデジタルソリューションの開発、次世代のＩｏＴやデジタルトランスフォーメーションに出遅れて、マジに、取り残されてしまう気がするんだよ」

香太朗は今後のデジタル革命に際しては、単に従前の業務をデジタルシフトして、業務効率や生産性を改善するレベルに止まらず、次代のデジタル環境で初めて可能となる『全く新たなビジネス』と『残すべき従前のビジネス』を確《しっか》りと再定義した上で、そこに帝通マンの思考回路や商慣習、業務手続き、経営戦略の全てを適合させ直す『リスキリング』～『抜本からのビジネス変革』～『すなわち帝通の刷新』が必要になる、と考えていた。

それは別の言い方をすれば、帝通が深く関与して牽引・支配してきた旧マスメディアのパワーダウンと、帝通の配下《はいか》にはないネット&デジタルメディア（特に外資）の爆発的な普及がダブルで同時に進むことで、帝通の情報統制力が落ちれば、それに比例するように、――『泣く子も黙ると云われた帝通の絶大な影響力も、相応に弱くなっていく』ということであり、帝通の在り方を根本から見直さないと『天下の帝通も危うくなる』――というインサイトであった。

「確かに……、そう云われてみれば、そんな気もするけど。でもさぁ、今の帝通でそんな心配をしているのは香太朗ぐらいしか居ないんじゃないの？」

石塚大也は香太朗に蟹《かに》サラダを取り分けながらそう言うとビールの残りを一気に飲み干して、「お母さん。シラスおろしと緑茶ハイを二つずつお願いします」と、良く通る声で追加注文した。

そして店のテレビを指しながら女将さんに目配《めくば》せすると、演歌の歌番組を国際ニュース報道のチャンネルに切り替えて厠《かわや》に立った。

空いたグラスをテーブルの端《はし》に寄せながら香太朗がテレビに目を遣《や》ると、イラクでの『日本人人質事件』の経緯を整理したフリップを映しながら、――「二〇〇四年三月三十一日、イラクのファルージャ市内でＥＳＳ社のトラックを護衛中の一団が襲撃《しゅうげき》を受け、民間軍事会社ブラックウォーターの米国人四人が即死したことから、四月六日、米軍が報復のファルージャ攻撃を開始した。すると翌七日、日本人三名が武装勢力に誘拐《ゆうかい》された。八日に犯行グループが、イラクのサマーワに駐留している自衛隊の撤退《てったい》を要求する声明を発表したが、日本政府は自衛隊を退去させる考えのないことを表明した」――とキャスターが解説していた。

「はーい。重光さん、お待たせしました。

今日は用宋港《もちむね》からいいシラスが入ったから、何時も以上に美味しいと思うわよ。食べてみて」

女将はそう云いながらテーブルに小鉢と緑茶ハイを置くと、

「私達のような戦前生まれはこういう物騒《ぶっそう》なニュースを聞くと、何か物凄く不安になるのよね」と小声で呟《つぶや》いた。

「お母さんは昭和十四年生まれでしたっけ。

ウチの親父は昭和五年生まれなんですけど、こういうニュースで避難民の映像とかが出ると落ち着かなくなるみたいで、テレビから目を逸《そ》らしますねぇ」

するとキャスターが、――「戦後の日本は日米同盟を基軸とする厭戦思想《えんせんしそう》で大凡《おおよそ》の意見が揃《そろ》っていることは間違いないのだが、『その安全保障は永遠に米国の軍事力を傘に維持していくのか？　いけるのか？　いけない場合はどのようにして安全を確保するのか？』といったことを、憲法九条の解釈、今後の米国の対日政策、集団的自衛権などを中心に様々な角度から考察して皆で議論しなければいけないのに、まるでその話を避《さ》けるかのように遣《や》り過ごしてしまったところが有る。これは民主主義の維持、憲法の改正、天皇制の継続、原子力発電の今後などについても同じで、日本人は、今、そういうことを一人一人が深く考え、お日様の元で議論する時期にきている」――と語って番組を閉めた。

「全くその通りだよなぁ、香ちゃん。このキャスター、イイこと云うでしょう……」

番組のエンディングを横目に厠《かわや》から戻ってきた大也は、女将さんの脇を大きな身体を細めて席に着くと、

「お母さん。先日ね、今の人から取材を受けたんですよ。そうしたら、なんか意気投合《いきとうごう》しちゃって。今度この番組に出ることになっちゃったんですよね」

と、まるで実の母親に報告するように話した。

「あら凄《すご》いっ。じゃあそのときはお父さんと、正座してテレビを見なくちゃ……」

笑いながら奥の御厨子所《みずしどころ》に戻っていく女将を見送ると、香太朗は、「それでさぁ。今日、大也に意見を聞きたい話っていうのはねっ」と徐《おもむろ》に話題を切り変えた。

「実はさ、二〇〇一年の秋に特許出願《とっきょしゅつがん》したビジネスモデルの件なんだけど。アレさぁ、申請《しんせい》受理からまだ二年半しか経《た》ってないのに、もう特許《とっきょ》が取れたんだよ」

異例の早さでの特許《とっきょ》の取得を喜ぶ香太朗は、石塚大也にビジネスモデルの内容を思い出させるように、『Ｏｆｆ　Ａ·ｉｒ　ＴＶ』では、テレビ番組の録画再生にあたり、番組本編はそのままにＣＭは全て取り払って、その跡地に視聴者に合致度の高い最適な別ＣＭを一本厳選して挿入し直して、中断のストレスなく自然に再生すること。

そのＣＭ差し替えを、ＰＶＲユーザーの許諾《きょだく》の元に行うことで、テレビメディアの運営で最もお金の掛かる番組の制作も、デリバリのオンエアも行わずにテレビ系事業の展開が可能な『革新的《かくしんてき》なメディア』であることを説明した。

そして、この特許《とっきょ》を基に帝通が幹事となって、日本の機器メーカー数社、在京民放キー五局、ネット通信事業者数社、大手広告会社数社の共同出資で、このＯｆｆ　Ａｉｒ　ＴＶを事業化したいのだ、と熱く語り始めた。

――香太朗の見立てでは、出資社他の関連ステークホルダーを納得《なっとく》～魅了《みりょう》させるために必要となる戦略ポイントは……、

①機器メーカーには、テレビとネットを融合させる世界初の録画再生メディアを興《おこ》して、その専用視聴デバイスとして次世代ＰＶＲを世界で売りまくり、ガラパゴス問題を解決する。

そして、売ったＰＶＲを使って展開する広告メディア事業にて、モノを創って販売するだけのメーカーモデルからの脱却《だっきゃく》を実現する。

②若年層中心にテレビ離れが進む民放局には、従前の民放モデルに＋アルファする新モデルとして、視聴者各人の趣味嗜好《しゅみしこう》をデータで捉《とら》えて、録画番組の再生時に、放送時のＣＭとは別のＣＭに差し替えて観てもらうＯｆｆ　Ａｉｒ　ＴＶを、テレビ放送と

ネットのイイとこ強いとこを連携させて実現する。

そして従前一円も稼《かせ》ぐことが出来なかった録画領域で、既存の放送事業と裏表のように、二つ目の大きな新広告収益を獲得できますよ、という座布団を敷く。

③ネット通信事業者には、広告の単価が一桁も二桁も大きい羨望《せんぼう》のテレビ広告系ビジネスを、テレビとネットが連携の録画再生モデルにて一緒に行える新たなビジネス環境を提供する。

④帝通及び帝通以外の広告会社には、広告主から高い支持と評価を得られる、全く新たなターゲティングメディアを用意する。

そして、今後減衰が予想される放送の広告収益のマイナス分を、録画再生の新モデルにて補填《ほてん》出来るようにする。

⑤オーディエンスには、放送時間に縛《しば》られない『タイムシフト視聴』の利便性を、『高画質』に、『CM少なく』楽しめる魅力と共に提供する。

ということであった。

「この五点をちゃんと実現出来れば、帝通だけでなく出資する事業者にとっても、広告主にとっても、一般オーディエンスにとってもメリットが高い、皆がウインウインの事業になると思うんだけど……。

大也から見てどう、この構想いけるかな？」

「香ちゃん、またスンゲーことを考えてるねぇ」

そう云うと、香太朗のことを知り尽くし、頭の回転の早い大也は、

「テレビかネットかの取捨選択《しゅしゃせんたく》ではなく、両者の強みを更に伸ばすように習合して、より魅力的な次代のデジタルメディアに止揚《しよう》させていくという発想が、実に香太朗らしい」

と絶賛《ぜっさん》した。そして……、

「日本メーカーならではの高い技術力でＰＶＲを一段上の別物に昇華《しょうか》させて、此《こ》のところＮＧとされていた高額・高性能な日本製品のガラパゴス問題に一石を投じて……。

そのうえに、モノを創って売って終わりだった家電メーカーに、――売ったＰＶＲを利活用するメディア事業で更に稼《かせ》ぐ――という新たなサブスクリプション型のリカーリングビジネスを提供し、民放局とネット通信事業社と広告会社にも、次代の食い扶持《ぶち》を用意してあげるなんて、普通の奴じゃ考えつかないよ」と続けた。

そして最後に、Ｏｆｆ　Ａｉｒ　ＴＶが新しいメディアサービスとして社会に定着するなぁと思った点として、――「広告主にこれ迄のテレビ広告よりも精度《せいど》の高いターゲティングＣＭを提供するダケでなく、視聴者にも無駄《むだ》なＣＭを見せずに画面をスッキリさせるという恩恵《おんけい》を与える点が何とも素晴らしい」――と付け加えた。

「興味の欠片《かけら》も無い、自分と無縁なＣＭが画面に出てこない。出てくるのはＡＩが選別した自分に関係するＣＭ一本に絞られるって、メチャクチャ有難いことだと思うよ」

「本当？

これはイケるかもしれないな。

大也に褒《ほ》められると、香太朗おいちゃん、寅さんみたいに、その気になっちゃうよっ」

その半年後の二〇〇四年十月一日、重光香太朗は帝通のデジタルビジネス開発局の局長となり、社内公募で集めた選《え》りすぐりのメンバーと、『Ｏｆｆ　Ａｉｒ　ＴＶの事業化』に向けての準備業務を粛《しゅく》粛《しゅく》と開始した。

八、真理の探究というデザイアー

二〇一〇年十月十日（日曜日）石塚大也は約二ケ月の米国調査の旅を終えて、オレゴン州のポートランドより帰国の途《と》についた。

それは中国がＧＤＰで日本を抜いて世界第二位の経済大国となることが、第３四半期を終えての年次推計で確実視され、その成長の勢いの凄さから、パクスアメリカーナの崩壊《ほうかい》と、日本経済の横這《よこば》い低迷の長期泥沼化が心配され始めた頃であった。

大也はこの十数年、――『敗戦後の日本は米国に導かれ、確かに目覚ましい復興発展を成したが、それが順調だったのは米ソ冷戦が終結する迄の四十五年間で、実はそれ以降は、米国にばかり有利な体制や制度を押し付けられるなど、日本人は、その才覚《さいかく》を封《ふう》じ込《こ》められている』――という日米関係の実際について、専門誌や新聞に寄稿してきた。

戦後間もなく米ソの対立が深まり出すと、米国は『日本が二度と戦争を出来ないように徹底的に叩くという当初の政策』を『反共の砦《とりで》として日本を育てて活用するという真逆《まぎゃく》の政策』に転換させた。

これにより日本は、軍隊を持たず、徴兵《ちょうへい》もなく、ただ只管《ひたすら》に経済繁栄に邁進《まいしん》することが出来る絶好の環境を得て、僅か四十年たらずで、親たる米国の主力産業であった自動車や鉄鋼業を追い抜いてしまう迄の発展を成した。

しかし、米国擁護《ようご》の元に繁栄し過ぎた日本の雲行きは、その辺りから怪しくなる。一九八九年、ニューヨークの象徴であるロックフェラーセンターを三菱地所が買収し、続いてソニーがコロンビア・ピクチャーズを買収すると米国中で怒りの日本バッシングが始まった。そして翌年初に、世界の金融機関の総資産額ランキングで一位～六位と九位が日本の銀行だというニュースが流れると、日本叩きの空気が一気に高まった。

米国と競うように軍拡を進めたソ連は、その結果、経済が破綻《はたん》してしまい、グラスノスチやペレストロイカの風が吹いて崩壊《ほうかい》に向かったのだが、実はこの頃の米国の懐事情《ふところじじょう》もソ連と同じく火の車で、多額の軍事費と、軍拡路線への支持を得るための富裕層減税で財政赤字が膨《ふく》れ上がる中、貿易でも一九八二年から八年連続して大きな赤字が続いていた。

財政赤字と貿易赤字が双子の赤字として深刻化しているときに、擁護《ようご》してきた日本が恩知らずの米国経済荒しをしている、と報道されれば、怒りの矛先《ほこさき》が日本に向くのは当然だった。

それ迄米国は常に自由貿易の考え方を尊重《そんちょう》し、たとえ貿易で日本に負けていても競争力どおりに落ち着くのが自然と、大国らしい悠然《ゆうぜん》とした態度を取っていたのに、貿易黒字を積み上げる日本に対してのみ、自由競争のルールを逸脱《いつだつ》した阻害圧力《そがいあつりょく》を掛け始めたのだ。

そして多くの日本人が、『米国に追随《ついずい》していれば安泰』と思い込んでいる中、——①軍事面では、日米同盟の強化という名目で米国軍事戦略への更なる協力を求めて従来以上にお金を使わせる、②経済面では、日本を米国を脅《おびや》かす敵と位置付けて、CIAを中心に日本の好調産業の力を削いでいく——という新政策が秘密裡《ひみつり》に進められていったのである。

石塚大也は、帰国の機窓《きそう》より夕日に煌《きら》めくオレゴン富士を眺《なが》めながら、昨日の取材で——『ベルリンの壁崩壊《ほうかい》に伴うマルタでの冷戦終結宣言を境に、米国が密かに対日政策を再転換させた頃、CIAには他国の経済政策や主要産業の動向を熟知している者などおらず、経済諜報《ちょうほう》を行えるレベルにはなかった』——と当時の内情を語ってくれた元CIAの幹部オリバー・サンチェスのインタビュー録音をイヤホンで聞き返していた。

彼によれば、——『米ソ冷戦の終結当時、CIAは対ソ連諜報で失態を重ねて大統領の信頼を失っていたため、次の経済諜報《ちょうほう》に疎《うと》いことを隠《かく》したかった。だからそんなCIAにとっては、最も米国の云うことを聞き、米国を疑わず、どの国よりも侵入が容易な日本をターゲットにせよという新政策は渡りに船だった。そこでCIAは、急遽《きゅうきょ》、嘗《かつ》て占領期に日本の親米化工作などで活躍した情報工作員や、冷戦終了で任務を失った老練なスパイを掻《か》き集めて急場の諜報《ちょうほう》部隊を作った。すると案の定日本は無防備で、そんな俄《にわ》か部隊でも、各省庁や有力企業の機密情報を容易《たやす》く収集出来た。そして軍事面では安全保障の強化という名目で多額の追《お》い銭《ぜに》要求を行い、経済面では有力企業のグローバル戦略における問題点や課題のボトルネックを掌握《しょうあく》して、日本の好調産業の勢いを削ぐのに有効な妨害要求を、先手先手で日本政府に突き付けて成功を収めた』――というのだ。

多くの命を犠牲に全てを破壊して、遺恨《いこん》の上塗りを重ねるだけの武力戦争に、最早求める勝利がない中、先の世界大戦で無条件降伏させた日本の首を真綿で締めながら、要所要所で緊《きつ》く絞め上げて何時までも奉公《ほうこう》させ続けることほど、米国にとって美味《おい》しいものはない。

だから、米国の子分をやっていれば安泰《あんたい》と思い込ませたままに諜報《ちょうほう》を仕込んで、発展し過ぎた日本の勢いを抑え込み、自国の財政を早く回復させたいとする米国の戦略は分からないでもない。

しかし大也には、その王者にあるまじき利己的で姑息《こそく》なやり方が、どうしても許せないのだ。

「でもサンチェスさん。それって、自由で平等で公正であることを基本とする米国の競争ルールを逸脱《いつだつ》していますよね？」

「君は一本気なんだな。

ルールや原則を守っているか、で云えば確かにそのとおりだけど……。

規則を守っていても、世を乱す悪は悪なんだよ。ルールは完璧じゃない。

あのときの日本は、誰が見ても度を超していた」


いつの世にも理想と現実にはズレがあり、それが乖離《かいり》しないように平和と秩序を守る女神『パクス』が睨《にら》みを利かせている。

『自由と平等を守り続けたいという理想』と『進化と利益を手にしたいという現実』のバランスコントロールもそれと同じで、健全な世界を維持するために、米国は今後も圧倒的な一番として世界を見張り続けなければいけないのだから――『日本も自国の経済発展を追うばかりでなく、少し自制してもっと米国の援護《えんご》をしろ』――とパワーポリティクスな米国人は云いたいのだ。


しかしこの先、米国が覇権《はけん》を握り主導してきた世界の民主主義や経済の秩序が、中国の隆盛《りゅうせい》やロシアの復権《ふっけん》によって圧迫されれば、必然的にこれ迄の価値観や常識も再考を迫られるだろう。

ましてや反米勢力に、米国主導の世界は『富の偏重《へんちょう》、格差の拡大、分断の深刻化しか生まなかったではないか』と世論を誘導されれば、米国の求心力が一気に弱まることだってあり得る。

食料やエネルギーの自給率が低い日本にとっては、そんな圧力や新たな緊張の高まりから、現在、当たり前に入手出来ている食料やエネルギーが『突如《とつじょ》確保出来なくなる事態』への対策も極めて重要。

そんな中で日本が確《しっか》りと存在感を示し伍《ご》していくには、これ迄のような盲目的な従米一直線ではなく、米中のどちらも最重視するというスタンスをはっきりと表明して両大国の間に入り、三国が共に繁栄していく相即《そうそく》不離《ふり》な互恵の関係を構築して、自立共生していくしかないのだ。

大也は、そんな日本のコンヴィヴィアリティ（今後の自立共生の在り方）を左脳で思察《しさつ》しながらも、もう一方の右脳では、帰国後の息抜きリフレッシュの予定をアレコレと楽しく考えていた。

そして、今回の渡米で入手した『ヴェノナ関連の新文書』のことを早く香太朗に話したくて、週末の金曜に荒武者で一杯やらないかと、お誘いのメールを打ってノートＰＣを閉じた。

ヴェノナ文書というのは、――主には一九四〇年～一九四四年に米軍が傍受《ぼうじゅ》した『ソ連が米国の中枢で行っていた諜報《ちょうほう》活動』の暗号電文を、米国の国家安全保障局と英国の情報部が四十年近くかけて解読したもの――で、解読後、暫《しばら》くは伏せられていたのだが、ソ連の崩壊《ほうかい》から数年経った戦後五十年の節目の辺りから、静かに其《そ》の情報公開が始まった。

一九九五年の夏に初めてその機密文書の一部を探し当てた大也は、まず初っ端《しょぱな》、――ソ連がルーズベルトやトルーマンの膝元に大勢の諜報工作員を深く忍び込ませて、情報の搾《さく》取《しゅ》を超えた非常に幅広で影響の大きい諜報に成功していたこと――に驚きを隠せなかった。

そしてそのソ連の諜報《ちょうほう》が、――日米開戦、ソ連の対日参戦、日米の終戦に大きく影響していたこと――を知って驚愕《きょうがく》した。

それ迄の通説でも云われていたが、日米両国が、共に早期の終戦を望んでいることは、原爆投下の何ヶ月も前に確認されていた。

恐らく順当に終戦交渉を進めることが出来ていれば、原爆二発の使用は回避《かいひ》出来ただろう。

しかしそこでソ連が、ドイツとの東欧戦を片付けてから対日参戦も果たして満洲や千島列島を軍事占領したかったために、米政府の中枢《ちゅうすう》や宗教団体、民間のシンクタンク、メディアなどに潜入させていた諜報《ちょうほう》部隊を強く動かして、『日米の早期終戦を妨害』したのだ。

一九九七年に公開されたダニエル・P・モイニハン議員の報告書によれば、――ソ連の工作員がワシントン、ニューヨーク、ハリウッドの三都市で『日本は殲滅《せんめつ》に値する極悪国』という擦り込みの欺瞞《ぎまん》プレゼンを開始すると、その話がラジオや新聞で取り上げられて、あっという間に米国内の対日感情が悪化した――という。

『日独という敵』の『敵であるソ連』は『米国の味方』という理合《りあい》なのか。自分の知っている冷戦期の印象では馴染《なじ》むことなど絶対に有り得ない『米ソ』が、共通の利益に向かって助け合うように事を進めることに、大也は浅《あさ》ましい欲望の不条理《ふじょうり》を感じた。

このソ連のプロパガンダが強く影響して、米国では『日本への原爆投下（二十数発）も已《や》む無し』という決議に至り、終戦の引き延ばし工作を仕掛けたソ連は、長崎に二つ目の原爆が投下される日に思惑どおりに満州への侵攻《しんこう》を果たす。そしてそれが中国や北朝鮮という専制主義国家の誕生に繋《つな》がったことから、大也は諜報《ちょうほう》の威力《いりょく》と恐ろしさについての認識を改め、徹底的に調べるようになったのだ。

そんな大也が今回の渡米で偶然に発掘《はっくつ》した機密文書は、ヴェノナ作戦を発案指揮したクラーク大佐の個人的な記録文書で、そこには、――①一九四四年にソ連諜報《ちょうほう》の暗号傍受《ぼうじゅ》に関する成果の報告をすると、ホワイトハウスからその作戦は中止するように命じられた。②しかし私はその命令に背《そむ》いて密かに暗号傍受作戦を継続した。③するとルーズベルトやトルーマンの側近にソ連の諜報員が紛れていることを察知した。④その諜報員達は『スターリンが日本をまだ降伏《こうふく》させるな』と切望《せつぼう》していることを機を見てルーズベルトに耳入れした。⑤ルーズベルトは英国チャーチルにスターリンの考えを情報共有し相談していた。⑥ソ連にドイツを叩《たた》いてほしかったチャーチルは、米国にスターリンの希望を叶えてやれと働きかけ、遅れていた米国の原爆開発を強力に技術支援した。⑦英国支援の元に米国が完成させた原子爆弾の日本投下を、チャーチルは事前に承知していた——とあり、石塚にとっては『チューブ・アロイズ～マンハッタン計画』に関連する初めての発掘文書だった。

『戦勝国の首脳達は、いったい何処まで共同謀議《ぼうぎ》していたのか？

彼らの欲望の宿痾《しゅくあ》のせいで地獄に引きずり込まれた日本市民の何と多いことか』

石塚は週末の香太朗との酒宴《しゅえん》を思いながら頭の中でそう呟《つぶや》くと、暗闇に冷えた小さな機窓《きそう》のカーテンを閉めて、体格に合わないエコノミーシートで眠りについた。

——この日の三年程前になる二〇〇七年十月一日の正午前。ＣＩＡ作戦本部より東京の工作員に、ある作戦が発令された。

■作戦指令（ダヴィストックＪＳ１５６号）
チームレヴィンの三名は、以下二点の実現に向けて、先般共有済みの作戦一五六号を速やかに開始して成功を導け。

①ここ数年、日本の国内市場に固執《こしつ》させることで（ガラパゴス化させて）世界市場での成功を封じ込めてきた日本の家電＆精密機器産業を、安易に復活させてはならない。

②日本の世論操作に向けて占領時代より行ってきたマスメディアの情報統制を揺るがすような、日本独自のＮｅｗメディアを誕生させてはならない。

・特に、世界に無い日本独自の技術で放送と通信を融合させて、これまでにない魅力化を図るメディア

・非免許でメディア業を展開できてしまうＮｅｗメディアは必ず誕生を阻止せよ。

◆留意事項
日本人は、倒幕後の明治維新における西洋化や第二次世界大戦の敗戦・無条件降伏からの経済復興など御破算からの怒涛《どとう》の再建といったスクラップ＆ビルドには、非常に長けているが、その反面、上手くいきかけていた戦略が途中で暗礁《あんしょう》に乗り上げ、其々の立場と面子に引っ込みがつかない状態で追い込まれると、合理的に戦略の転換を行えなくなると

いう不思議な弱点がある。

◆追伸
位相心理学を心得た仕事の名手はビリヤードの名人のように3クッション・4クッション先を計算しつくしてターゲットを捉える。それは周りの者に、何を狙っているのか、どうして其方を向いているのかすら分からないように事を進めるためである。

――作戦指令拝受。作戦一五六号の件、承知致しました。
チームレヴィン東京　チーム長　GP拝

九、水枯れのフェイト

日本人は古来、天地《てんち》、山海《さんかい》に覚える崇高《すうこう》な大自然の摂理《せつり》を敬《うやま》い、地震、雷、噴火、嵐、津波などの底知れぬ威力《いりょく》を畏《おそ》れ、風や光、音や香りのように、見えず摑《つか》むことが出来ないのに明らかにパワーを発している霊《もの》に神秘を感じてきた。そして仏教（の無常観）が伝来する前より、神様は通常は居らっしゃらないのが常《つね》という、日本人固有の『無常感』を基本に、有るが難《がた》きの霊凄《ものすご》い神威《しんい》を捉《とら》えてきた。

そんな日本人は、眺《なが》めていると何故か誰もが厳《おごそ》かな気持ちになる大山や大滝の存在に気付き、神はきっとあの奥中に御座《おわ》して、巨石磐座《いわくら》や天に伸びる巨木を目印に、気が向いたときに降りてこられるのだと考えるようになる。そして、そういう神の存在や出現を感じ取れる場所を、神奈備《かんなび》とか産土《うぶすな》と呼んで、其処《そこ》を榊《さかき》や注連縄《しめなわ》で飾った神籬《ひもろぎ》で囲い（後《のち》には少し下がった所に屋代《やしろ》を建てて）奥中の神域を清く守るようになる。

これが神社の始まりで、時代と共に、日頃の御礼を申し上げて、神との良好な関係の維持継続を祈念《きねん》する場となっていく。

神の御加護《ごかご》を欲する人間にとっては、どうしたら神に此方《こちら》を向いて頂けるのか、といったことが重要な問題となるが、倭人《わじん》はそれを、『空蟬《うつせみ》から蟬《せみ》が生まれ出ていった』『青虫のサナギから美しい蝶《ちょう》が飛び立っていった』、哺乳類ならば『ウツ状の雌《めす》の膣《ちつ》から赤ん坊が生まれ出てきた』といった生誕の洞察《どうさつ》より、新命《しんめい》たる神命《しんめい》は、ウツ状のモノ（者・物・霊《もの》）に宿り、ウツの中で育てられ、ウツより産み出されると考察して、ウツの形を上手く使えば、神を見事に呼び寄せられるのではないかと考えるようになる。

神社には鈴があり、巫女《みこ》達は鈴を幾つも腰にぶら下げて神楽《かぐら》を舞うが、それは鈴の音が神を連れてくる『神の音連れ』というように、ウツの形をした物を打つと中に音を集め、美しく整えて、見事に響かせて心を打つことから、鈴や鐘《かね》や鐸《たく》が、来臨《らいりん》の媒介《ばいかい》になると考えられていたからである。

倭人《わじん》は、このウツに『空《うつ》、虚《うつ》、全《うつ》』という三つの漢字を充《あ》てた。それは『空《うつ》』には、現《うつつ》の実世界の反対にある『虚《うつ》ろ』な神域より有難き神影《しんえい》が向いてきて新しい命が宿り、新命を暫《しばら》く『空《うつ》』の中で育てると、空洞《くうどう》だったウツが徐々に満たされ『全《うつ》』となっていく。

すると『全《うつ》』は次代を担う神命を現《うつつ》に産み出して、復元《またもと》の『空虚』に戻っていくというように、倭人が『世の移ろい』『社会の循環』を捉えていたからであろう。

こういう考え方については、平安の末期から鎌倉初期に活躍した天台僧『慈円《じえん》』も、史論書『愚管抄《ぐかんしょう》』の中に、世の中というのは、通常は其処《そこ》にない霊《もの》が時たま見えるようになる『顕《あきら》』と、形あった者や物が其処《そこ》からなくなってしまう『冥《くら》』が循環し交錯《こうさく》するところ、という『冥顕論《みょうけんろん》』を書き残している。

その他にも、『負』の状態こそが、次に『正』が来る予兆《よちょう》だという『廻り』の考え方が、勝負、正悪、清濁、吉凶、合否、是非、晴雨、凸凹、内外、有無など日本には沢山あり、ここにも『正反の習合による止揚《しよう》・高揚《こうよう》』の古意《いにしえごころ》を発見出来る。

また倭人は、――神威は自然界のモノばかりでなく、人間が放つ気や想いやアイディア、それを伝える言葉や音楽や踊り、思うと見えてくる面影《おもかげ》などの『無斗《むつ》（心の中の空《から》の升《ます》）』にも宿り、時折尋常《じんじょう》ではない力を発揮する――と考察を深めていく。

そして神が突如来臨《らいりん》して神威が宿ったという手応《てごた》えや感覚。その霊凄《ものすご》い閃《ひらめ》きや恩寵《おんちょう》が何処《どこ》からともなく降りて来て落ち付く神影《しんえい》の現《あらわ》れを『影向《ようこう》』と云って尊《とうと》ぶようになるのだが、人にはその影向が何時《いつ》来るかは分からない。

だから日本人は、まだ何もない空《から》っぽの無斗《むつ》の段階から、何時《いつ》、神様が来られても大丈夫なように日々の精進《しょうじん》を怠《おこた》らず、常に清い万全な準備ヲモッテ大事をナス『おもてなし』を重事《ちょうじ》とするように成ったのである。

実虚《じつきょ》（アナ・デジ）の両極より世の中の進化（新旧交代）を捉えてきた日本人にとっては、神は『無常』であるが故に、滅多《めった》に来臨がないことを示す『有難き』というレベルが、霊凄《ものすご》い、尊《とうと》い、儚《はかな》い、素晴らしいなどの価値基準であり、感謝の念に+アルファがあるところ。そして『正の方向』だけでなく一部『負の出来事』も含んでいるところに、『有難う』と『サンキュー』の違いがある。

またインビジブルな『無』に潜《ひそ》む霊凄《ものすご》い力を神として畏《おそ》れ敬《うやま》ってきた我々にとっての『無』は、見えない、触ることが出来ない、であって、『ナッシング』の何もないとは大きく異なる。

古来、日本人は、このように無常を知り、通常実存の幸を心得《こころえ》てきたのである。


——二〇一〇年十月十五日の十八時。重光香太朗は石塚大也との待ち合わせ場所である荒木町の『雑炊《ぞうすい》　荒武者』に向かう前に、『策《むち》の池』の隣に寂然《せきぜん》と佇《たたず》む『津の守　弁財天』を参った。

弁財天は七福神で唯一の女性神で芸事の主神《ぬしがみ》とされるため、この地の芸者や婦人勤仕《きんじ》に崇《あが》められてきたと云うが、大滝の滝壺だった策《むち》の池にも、今尚、何かパワーの宿りを感じる。

香太朗は弁財天に感謝のご挨拶をすると、嘗《かつ》ては落差数メートルの大滝であったという水枯《みずが》れ滝の段差壁面《だんさへきめん》を暫《しば》し見上げた。

そしてゆっくりと目線を下ろしていくと、お社《やしろ》の天井裏に何か墨《すみ》で書かれた和紙の張り紙を発見した。

少し遠くて何と書いてあるかが読み取れなかったので、失礼してスマホで写真を撮らせて頂き手元で拡大してみると、そこには『恵《めぐ》みの慈雨《じう》は干天《かんてん》の原に降り、大地の空壺《うつぼ》を満たして大御宝《おおみたから》を潤《うるお》す』と書かれていた。

香太朗は、『これが今日の神の思し召《おぼめ》しか』と感得《かんとく》して、荒武者へ向かう道すがら、今の自分の仕事に『無理に下から上へと水を逆流させるような不自然はないか／幸水が上流から下流へ自然に流れて貯まり、皆をちゃんと潤《うるお》しているか』を自問自答しながら、荒木町の石畳を行歩《ぎょうぶ》した。

——待ち合わせの十九時より二十分も早く荒武者に到着してしまったので、香太朗は先に生ビールだけ注文して女将さん相手に始めていた。するとと五分もしないうちに石塚大也もまた早着した。

「あれっ、香ちゃん随分と早いね」

「喉乾いちゃったんでお先にやっちゃってます」

その何ちゃない会話だけで、大也には香太朗が何時になく元気がないことが分かった。そして今日は、自分の話を聞いてもらうよりも、奴のガス抜きをした方が良さそうだなと思った。

「香ちゃん、これ忘れないうちに、お土産。ポートランドのコーヒー豆とチョコレート」

「おー有難う。何時も悪いね。今回は三ヶ月くらい向こうに行ってたんだっけ？」

「うん。ミズリー州のセントルイスに四十日とカンザスシティに四十五日。最後帰りに三日だけ、引退したＣＩＡの幹部を取材しにポートランドに立ち寄ってきた」

二人は乾杯して話し出すと、みるみる笑い混じりの饒舌《じょうぜつ》となり、すぐに何時もの熱い会話が飛び交った。

「このところの円高は渡米には良かったじゃないの」

「そうなんだよ。今日も一ドル八十一円とか付けてたけど、今回は円高でチョット贅沢《ぜいたく》をさせて貰ったよ」

ひと月前の二〇一〇年九月十五日、政府民主党と日銀は『一ドル八十二円台』という急激な円高を受けて、約六年半ぶりに円売り・ドル買いの市場介入に踏み切った。

それは総額で二兆円強。一日の介入額も過去最大レベルの対策だったが、米国経済の失速感を背景に円相場はその後も八十円台まで上昇し、一九九五年四月に付けた戦後最高値の七十九円七十五銭に迫る円高となっていた。

そのため輸出貿易の悪化を懸念《けねん》した日銀は、十日前の十月五日、事実上のゼロ金利政策の復活を含む包括的な金融緩和策を決定し、国債に加えて、Jリートなどの不動産投資信託のリスク資産を買い取る基金も創設してデフレ対策をした。

「形振《なりふ》り構わずの円高調整からも分かるように、米政府は、最早《もはや》、余裕綽 々《よゆうしゃくしゃく》に全勝優勝できる横綱ではないことを自覚しているよ。

だから西の大横綱、何でも受けてやるから思いっきり当たって来いって、最近全く云わなくなった。

今じゃ姑息《こそく》なくらい強《したた》かに、負けないための対策をアチコチに張り巡らせているよ」

大也は帰国直前に取材した元CIA幹部のオリバー・サンチェスから聞き出した話なんだけどと前置きをして、——一九八五年の『プラザ合意』で円だけを上昇させたのに、それでも日本が沈まないので、更に叩くための新貿易法『スーパー三百一条』を制定して、『日米構造協議』～『日米包括経済協議』～『年次改革要望書』～『日米経済調和対話』と、米国が一九九〇年以降、どれだけ日本の抑え込みを仕込んできたか——の詳細を説明した。

この圧力により、一九九七年十一月の拓銀、山一証券の破綻を皮切りに、長銀、興銀といった大手金融機関の破綻。住専と云われた住宅ローン専門のノンバンクの破綻。EIE社ほかバブル期を象徴する不動産四社の破綻。メインバンクの喪失に伴うライフ、そごう、第一ホテルの破綻などが次々と起こり、その後も大手ゼネコン各社の経営悪化。コパ（香太朗の父親）が顧問弁護士をしていた大倉の川奈ホテル売却と日本の凋落《ちょうらく》は止まらず、今（二〇一〇年十月）も続く長期低迷になっていったのだ。

「日本人は当初それを『失われた十年』と総括したかのように云って、そろそろ回復に転じると思い込もうとしたけど、然《そ》うは問屋が卸《おろ》さず、気が付けば『失われた二十年』になってしまった訳よ」

「大也……。今の話を聞いていて思ったんだけど、米国はこの先も日本のデフレを長引かせて、蛇の生殺しのように半死半生《はんしはんしょう》の横這《よこば》いゼロ成長に日本を上手く抑え込んで、長期に米国の優位を担保するつもりなんじゃないかな。

　そして日本が今の『円高』の圧力を克服したら、次はそれ迄と真逆の『円安』の注文を付けて転がし続けるとか……」

　そう云いながら香太朗は、米国の日本抑え込み～日本活用戦略は此《こ》の先もまだまだ続くから、『これ迄と同じにやっていたら失われた三十年、四十年になってしまう』と唇を嚙んだ。

「蛇の生殺しのような長期の横這い、ゼロ成長の抑え込みかぁ。流石《さすが》、帝通さんは、難しい話を分かり易く説明しますねぇ」

　そう云うと大也は、――「日本製品のガラパゴス化も、ただ『メイド・イン・ジャパンの競争力とレピュテーションを削ぐ➡世界で売れなくする』だけでなく、その後の復活阻止として『優秀な技術者の引き抜き➡人材の海外流出による弱体化』までのシナリオが組まれていて、今日も何処《どこ》かで諜報部隊が暗躍《あんやく》している筈だ」――と元ＣＩＡ幹部のサンチェスが云っていたことを香太朗に伝えた。

「確かに。ソニーの人達が、優秀な技術者の海外引き抜きが後を絶たないって嘆《なげ》いていたけど……。それもＣＩＡとかが、後ろで糸を引いているのかなぁ？」

香太朗はそう呟《つぶや》くと、

「実はさぁ、俺のＯｆｆ　Ａｉｒ　ＴＶの事業化なんだけど……。この六年、色々な問題を解決しながら着実に進んできたのに、あと少しの最終段階にきて、何故か急に進まなくなってるんだ」

と零《こぼ》し、鷹揚《おうよう》な彼らしくない虚無感《きょむかん》を漂わせながら厠《かわや》に立った。

『ハハーン。香太朗が元気が無いのは、そのせいかぁ。よし決めた。今日は香ちゃんの話を徹底的に聞いてやろう』

大也は香太朗が厠から戻ると、「ちょっとさ、今の話を詳しく聞かせてよ」とリュックから小さなＩＣレコーダーを取り出して二人の間に置き、諧謔的《かいぎゃくてき》な笑みを浮かべながら「それではＯｆｆ　Ａ·ｉｒ　ＴＶプロジェクトについてお話を伺います。尚この取材の機密は帝通と明修大学で結んでいる機密保持契約により厳守《げんしゅ》されます」とそれっぽく小声で切り出して、香太朗のこの六年の仕事の概要から現在の悩みまでを丁寧《ていねい》にヒアリングし始めた。

十、瓦解《がかい》のアンシェヌマン

翌日の二〇一〇年十月十六日（土曜）は、雲ひとつない秋晴れだった。重光香太朗は、朝刊を取りに出たポスト横の踊り場で「んー」と両腕を上げて伸びをすると、付いてきたショコラに「昨日大也に話を聞いてもらったら、何かスッキリしたよ」と話しかけながら、毎朝のストレッチと筋トレを行った。

新聞を銜《くわ》えたまま主人の腕立て伏《ふ》せが終わるのを待つショコラは、チョコレート色のラブラドールレトリバーで、普段は彼女が香太朗のメンタルヘルスの主治医である。

「ショコラ……。朝御飯を食べたら、今日は水元公園までお散歩に行こうか」

水元公園は、都内屈指の広大な水郷公園で、特にこの時期の錦秋《きんしゅう》の風情《ふぜい》はヨーロッパの森にワープしたかのような美しさである。

青空に向かって真っ直ぐに伸びた背の高いポプラ並木を抜けて、赤茶色に色づき秋の陽《ひ》に煌《きら》めくメタセコイアの森に入れば、誰もが都内に居ることを忘れる。

柴又の自宅からクルマで十五分程の水元公園に十時半過ぎに到着すると、香太朗とショコラはメタセコイアの森の左奥に広がる『草地の丘』の水辺で昼過ぎ迄たっぷりと遊んだ。
そして小高い野芝の丘に畳調《たたみちょう》のレジャーシートを広げてお弁当を頂き、『ゴローン』と仰向けになると、工作クラブの少年達がゴムパチンコで空高く飛ばす紙飛行機が気持ち良さそうに何機も青空を舞っていた。優雅《ゆうが》に旋回《せんかい》する紙飛行機を目で追いながら草地の奥に色めくメタセコイアの森を眺めていたら、ふと小三の遠足のときに此処《ここ》で先生から聞いた話を思い出した。

一九三九年、大阪市立大学の三木茂教授はセコイアに似た植物の化石を発見した。彼はそれを、セコイアとの葉形などの違いから『後に／超越した』という意味の『メタ』をつけてメタセコイアと命名して学会に発表した。その後、北極圏から中央アジアの各地で化石が発見されたため、メタセコイアは六千五百万年前〜二百万年前の新生代第三紀に北半球に生息していた落葉樹で、第四紀氷期の地球寒冷化で滅《ほろ》びたと考えられていた。
ところが一九四六年に中国の四川省で生息する現存種が発見されたため、メタセコイアは『生きていた化石』として一躍《いちやく》有名になったのである。

香太朗は、そんな生き残りを見せたメタセコイアの生命力と対比するように、いくら今後のテレビビジネスの冷え込みの可能性を説明しても全く危機感を示さない桜テレビや帝通テレビ部門上層部の楽観を危惧《きぐ》しながら、この先どのように『Ｏｆｆ　Ａｉｒ　ＴＶの事業化計画』を進めていくかについて暫《しば》し考えの整理に耽《ふけ》った。

『己《おの》がじし意見を云わせれば、中にはテレビは永遠に不滅という楽観論者もいるだろう。でも明らかにテレビのパワーは下降しており、特に若い世代のテレビ離れは日に日に進んでいる。桜テレビの専務は平気平気と言っているが、根拠《こんきょ》の文脈がなく真意が解《げ》せない。何か隠《かく》された云えない理由でも有るのか？　それを剔抉《てっけつ》した方が良いのか？』

そんなことをアレやコレや考えていたら、あっという間に時間が流れた。雲の移ろいを眺《なが》めながらショコラに顔を寄せて二十分ほど昼寝をした後、香太朗達はバード・サンクチュアリー、水生植物園、グリーンプラザ、かわせみの里と園内を廻ってから帰途《きと》についた。

十七時近くに帰宅すると、昨晩のガス抜き取材の録音を、早速、文字に書き起こしてくれた石塚大也からｅメールが届いていた。

香太朗殿
昨晩はどうも。こんなに天気が良かったのに、また寝坊《ねぼう》してしまった。洗濯物を天日に干せなかった物臭《ものぐさ》な野郎生活《おとこぐらし》を反省……。
さて昨日聞かせてもらった『Ｏｆｆ　Ａｉｒ　ＴＶ』の件、以下にザックリと要点を書き出したので確認してみて下さい。

◆特許取得後の六年間に香太朗が行ったこと
①Ｏｆｆ　Ａｉｒ　ＴＶの戦略構想を帝通の経営戦略会議に上申
＝満場一致でスグに賛同を得られた
＝その後、取締役会の正式決議として新組織と五十億の大予算を獲得し事業化の業務に向かう
②民放五局・ＮＴＴドコモ・ソニーに本件の狙いと意義を説明
＝想定する主要ステークホルダー七社への第一次プレゼン（大変好評だった）
③次世代ＰＶＲを開発してもらう幹事メーカーの選定と契約
＝香太朗の希望どおりソニーが幹事メーカーとなることを内諾してくれる

④メタデータ事業者の選定と契約（未整備領域のビジネスコンディションを整備）
＝ＭＴデータ社と契約、当ビジネスに必須不可欠なメタデータの供給体制を確保
＝ソニー・ＭＴデータ・帝通にてメタデータの仕様の規定と、その業界標準化の準備を完了させた

⑤デジタル放送における『受信ズレ&表示ズレ問題』の解決（最難関の課題の解決）
＝デジタル放送では、電波の受信からテレビ画面に音声・映像を表示する迄に、各社・各機器の型番ごとに非一律な時間差が発生する
＝素人っぽく云うと、サッカーの『ゴール』という音声が各家庭のテレビごとに微妙にズレるというデジタル放送固有の『受信ズレ&表示ズレ』が発生する
＝また録画番組は、テレビ局の放送の時間管理から外れた裸の状態のコンテンツとなるため、ただＰＶＲに正確な絶対時計とタイムスタンプを持たせるだけでは、今回我々がＯｆｆ　Ａｉｒ　ＴＶで実現させたい録画番組のＣＭ部分を１フレームの欠損もなく切り出し、そこに別のＣＭをピッタリはめ込み直して再生するというＣＭ差し替えを完璧に制御することは出来ない《重要》
＝そこで、この受信ズレ・表示ズレの問題を解決する新たな制御技術をソニーと帝通で共同開発した《技術の詳細は省《はぶ》くが、ここがキモ》

⑥CM差し替えを最適化する（AIオプティマイザー）の開発
＝オーディエンスの『情報摂取行動』『在圏滞留・移動』『消費行動』を掌握する日本初のビッグデータを構築し、データを基に、アドレッサブルなターゲティング広告を最適にコントロールするAIエンジンを開発
＝そのロジックとデータは、首都大学朝田教授と数理研と帝通にて開発

⑦私的録画コンテンツを活用するビジネスについての法的検証と新しい商流の立案
＝録画番組の『私的利用権』については、録画機や記録メディアを購入したときの代金に録画コンテンツの私的利用料が含まれているため、テレビ番組を録画再生する場合、たとえその番組が放送事業者の著作コンテンツであっても、録画コンテンツの私的利用権はオーディエンス側にあり、放送事業者の著作権の範疇《はんちゅう》外となる
＝それは、アパートの大家がアパートの所有者であっても家賃を払っている住人の部屋に勝手に入れないのと類似
＝これはどういうことかと云うと私的録画利用権を有するオーディエンスの許諾を得て行う当メディア・サービスでは、映像系メディア事業で最もコストの嵩《かさ》む『コンテンツの制作費・調達費』及び『オンエア費』を殆どゼロに出来るということ《重要》
＝また、従前広告とは無縁であったNHKなどの番組においても、番組の制作意図が損

なわれない箇所であれば、ＣＭの挿入が可能
＝録画視聴率の高いＮＨＫの番組を交ぜての広告メディア事業も狙える
＝しかしながら、これらの見解は、私的録画コンテンツを活用した広告メディアが存在しない中での法的見解であり、それが仮に１００％合法であったとしても、これ迄の商慣習を考えた場合、鳶《とんび》に油揚げをさらわれるような私的録画権を活用したモデルには、従前のテレビ事業者らが素直になれない側面が多々あると思われる
＝そういったことから香太朗は、低刺激な路線を基本に、帝通がその収益を独占することなく、機器メーカー・放送事業者・ネット事業社に大きく収益を分配する、互恵の循環共栄モデルを立案して提示《重要：さすが》
⑧ここまでの進捗を関連する全ステークホルダーに報告・共有する第二次プレゼンの実施（これも大好評だった）
⑨ところがその数日後、桜テレビの坂専務より出資は見合わせたいとの申し入れがあった
＝そのため香太朗は、桜テレビに再度、従前のテレビ事業と新たな録画再生メディア事業の両利き経営のメリットについて再プレゼンする
＝しかし、それでも桜テレビの坂専務は、たとえテレビが、今後滅亡していく恐竜だとしても、当局はネットと交ざることなく恐竜として滅んでいくと、全く聞く耳を持た

ない感じで物別れとなる

⑩すると帝通のテレビ本部からも、本件の事業化は見合わせた方が良いのではとの声が上がった

◆率直な感想

俺はメディアビジネスや事業開発のプロではないので専門的な事は分からんが、香太朗のこの六年の準備業務は如何にも的確で、申し分のない内容だと思った。

そして、桜テレビの坂専務の発言は出資参画はしないという結論を言い切ってはいるけれども、何を見据えてその考えに至ったのか？　どうして今後に備えないで平気なのか？　何故、ネットと連携したくないのか？　テレビ単体のままで良いのか？　という肝心な理由が伏せられているため、俺にはあのコメントが桜テレビの公式見解なのかさえ疑わしく思える程、何か奇妙に感じられた。

思うにあれは、香太朗の仕事にやっかむ帝通のテレビ族が桜テレビに云わせた反ネット勢力・反革新グループの『抵抗の声』ということはないかな？

それならば、五十億もの大金と、この六年の労力を無駄にするほど帝通は間抜けじゃないから、そのうち元に軌道修正されるような気がした。

いずれにしてもコレだけ準備が整っているんだから仮に一社くらい下りたって事業化には何の問題もないと言い返せばいいんじゃないの？

悩まず、図々しくやっていかないと香ちゃんの胃に穴が空いちゃうよ（そんなタマじゃないか……）。近々、またやりましょう。

石塚大也拝

ショコラの癒《いや》しと大也からのメールに救われて精神的にはかなり楽になった。しかしその後も桜テレビのスタンスは変わらず、私は『何とも微妙な膠着感《こうちゃくかん》』を残したまま、仕上げの業務を進めるしかなかった。

――その三ヶ月後の二〇一一年二月十四日、ソニーと共同開発してきたＰＶＲとカメラ搭載のテレビ受像機のプロトタイプが完成すると、香太朗は二月二十八日の帝通経営戦略会議にて準備が全て整ったことを経営陣と共有するべく、——①業界初のビッグデータを構築したこと。②そのビッグデータと連携して最適なCM差し替えを行うAIオプティマイザーを開発したこと。③Ｏｆｆ　Ａｉｒ　ＴＶのサービスに必須不可欠なメタデータの供給体制を整えたこと。——を報告し、出席の役員に『録画予約～CM差し替えした番組再生』のデモをご覧《らん》頂いてから、新会社設立の最終GOサインを求めた。

ところがそこで、帝通の見解が『真っ二つに割れる』という全く想定していなかった事態に陥《おちい》ってしまう。

デモにて、視聴者を画像識別技術で精度高く識別・特定する技術～CM差し替え再生の見事さに拍手が起きると、その空気を壊すようにテレビ本部の役員が、「でも皆さん、今更ではありますが、このチャレンジ。桜テレビと波風を立ててまでGOする必要がありますかねぇ」と云い出した。すると、デジタル本部の常務取締役が、「桜は出資に乗らないと云っているだけで、それが、五十億もの大金を掛けて六年も準備してきたこの計画に、待ったを掛けるほど重大な問題なのか」と反論して、完全に意見が二分してしまった。

桜テレビが出資をしないなら、事業化は一旦見合わせるべきでは、との消極派が半数。

桜テレビ以外の事業者と一秒でも早く事業化を進めるべき、との積極派が半数。

帝通はよく個性の強い者だらけの動物園と揶揄《やゆ》される会社ながら、トップで有り続けることには貪欲で、そのための一致団結や協力を惜しまないことで独特の強さを発揮してきた伝統がある。

その帝通の足並みが、これ程迄に整わなかったことを、嘗《かつ》て見たことがなかったので香太朗は困惑した。

『何なんだ。この帝通らしくない異様な感じは……』

結局この日の経営戦略会議では帝通のスタンスは纏《まと》まらず、本件は『社長預かり』ということになってしまった。

――香太朗は、桜テレビ以外の初動参画・想定六社に、この微妙な状況を変な詮索《せんさく》を生まないように伝えるべく、二週後の金曜十四時に全社合同の説明会を招集した。

当日は経営戦略会議と同じ順序に、録画再生のデモから行った。

そしてひと通りの説明を終えた後に、「実は先日、桜テレビさんが本件への出資参画はしないと云ってこられまして、帝通と致しましては、今日ご説明しました現況をご理解頂いた上で、皆様の御考えを最終確認させて頂きたく思っております」と切り出した。

するとと東京テレビの営業部長が、「桜テレビさんの件は、同業のよしみで伺っておりますす」と話し始めたのだが、彼がその続きを話し出そうとしたとき、会議室の壁や天井が『ミシ、ミシミシ』っと軋《きし》み出したかと思うと、『ゴゴー』という底知れぬ地響きと共に地球ごと全てが恐ろしい力で揺さぶられ始めた。

「うわっ。皆さん、テーブルの……、テーブルの下に入って」

大きく左右に振られながら下からも激しく突き上げられて、今、起きていることが唯事《ただごと》ではないことが瞬時に分かった。

地震の力を逃がすようにビルが腰を振り始めると、我々の居た中層階が、普段のビルの縦のラインを飛び出しては反対側に戻されて、逆側に飛び出してと、『ボキッ』と折れんばかりに暴れ出した。

高層ビルが船酔いしそうに揺れる中、テーブルの下で四つん這《ば》いに耐えていると、不意に自分を鼓舞《こぶ》するように、学生時代に大也と聴講《ちょうこう》した『立花隆さんの講演の言葉』が耳奥の森で木霊《こだま》し始めた。

――「大事件には必ず裏があるもの。でも裏の裏まで仕込まれて、強く大きな力で掻《か》き回されてしまうと、中々真実は見えなくなってしまう。でも僕は『知りたいという欲望』が人より強いから、諦《あきら》めずに奥の奥まで真相を追い続けるんだ」――

揺れ始めからの僅《わず》か百六十秒程の間に、数えきれないくらい色々なことが、香太朗の脳裏を駆《か》け巡《めぐ》った。

日本の神話は、我々とシュメールの繋がりを伝えるエピソード。シュメールの最高神アンは、八方位の『＊』マークで表され、アンへの供物が、ウルシャ・ウルドゥ（ウルの赤米）であった。

そこから『米』という八方位マークに似た『文字』が生まれ、目出度い日に『赤飯』を炊くようになった。

シュメール系のユダヤ人が多いアメリカはＡｍ（アン）のＲｉｃａ（米）という国名で結婚式で新郎新婦をライスシャワーで祝う。だから日本人は、アメリカを『米国』と書く。

敷島の　大和心を　人　問はば
朝日に　にほふ　山桜花

日本固有の精神とは　如何なるものかと　問われれば
朝日を受けて　朝露に輝き香る　山桜花の姿にこそ
大和の心が見えると　応えよう　　　　本居宣長

美絵子、大也、エリアナ〜


——揺れが引いてきたので、テーブルの下から這《は》い出して、香太朗は元の席に『どさっ』と掛け直した。

すると正面の全面ガラスの窓から見える街の雰囲気が、明らかに数分前とは別の東京に変わっていた。

それが香太朗には、何か途轍《とてつ》もなく大きな力に因《よ》って、先程までの世の流れが、全く別の時流に『差し替えられて』しまったように思えた。

「皆さん途中ですが。今日は、この会議はこれで……閉会ですね。余震がまだ続いて居りますので、くれぐれも気を付けてお帰り下さい」

——その後、経営戦略会議で社長預かりとなっていた本件は、悪循環《あくじゅんかん》に嵌《はま》ったように荏苒《じんぜん》と足元が悪くなっていき、あれほど瑕瑾《かきん》なく準備を整えてきたのに、十一ヶ月後の二〇一二年二月末の取締役会にて、『昨年三月十一日の東日本大震災による景気低迷の影響は大きく、この環境下での本件の事業化は困難』との経営判断が下されて、気が付けば尤《もっと》もらしくお蔵入りにされてしまった。

『何だコノ議決は。戦略的な話が微塵もない……』

お蔵入りの理由について、地震のこと以外には何一つ事の本質を捉えての説明が為されていない此《こ》のジャッジを挟《はさ》んで、帝通では、グローバル対応の強化という名目で、後に経営の足枷《あしかせ》となる海外の大手広告会社の買収や資本提携の話が急激に加速していくのだが、最早、香太朗に、『どうしてＯｆｆ　Ａｉｒ　ＴＶに蓋《ふた》をして海外広告会社の買収や提携ばかりを優先するのか？』と疑問を呈して、その流れをうっちゃるチャンスは与えられなかった。

「俺の帝通も……、終わったな」

十一、新生《しんせい》のマインドフルネス

重光美絵子は、夫の香太朗が来月四月よりコメンテーターとして出演することになった朝のニュース・バラエティ番組にチャンネルを合わせながらも殆ど画面を観ることなく、音声だけを聴きながら出勤前の身支度《みじたく》に追われていた。

番組が終わりの時間に近づくと、メインキャスターから今日で卒業の女子アナに花束が渡され、来月から番組が装い新たにリフレッシュされることが重光教授のプロフィール写真と共に紹介された。

化粧の手を止めて、そこだけは確《しっか》りとテレビ画面を観た美絵子は、『思えばここ何年かで貴方《あなた》の生活は随分と変わったわね』と、先日受けた人間ドックの結果を聞きに出ていて、いない夫を思いながら、鏡に目を戻した。

重光美絵子は葛飾柴又の題栄寺の長女で、一九八五年の三月末に女子大を卒業すると、数年は大手町の大手商社でOLとして働いたのだが、一九九〇年の十月に二十八歳で香太朗と結婚すると、それを機に、父、神谷榮厳が園長をしていたカビラエ幼稚園の先生に転身した。

三十五歳で園長代理となってからは、実質的には美絵子が幼稚園を取り仕切ってきたが、園長となったのは、父が八十の齢《よわい》を越えた五十の年からであった。

その十五年のズレは、美絵子が、父より幼稚園を引き継ぐならば、改めて確りと仏教を学び直すべきと考え、二〇〇四年より駒川大学の仏教学部に社会人入学し、卒業後更に仏教学研究科の大学院修士課程に進むという修学と修行を敢行《かんこう》したためであった。


「メダちゃん、行ってきま～す」

香太朗が孵《かえ》した黒メダカの赤ちゃんに餌《えさ》の糠《ぬか》をほんの少しやり、何時もより十九分遅い七時五十九分に家を出たが、幼稚園は自宅のすぐ隣なので、美絵子より早い出勤者はまだ数人しかいなかった。

出勤の打刻やメール返信などの事務処理を済ませて、十一時よりの卒園式の式次第や挨拶の原稿、紅白饅頭《まんじゅう》、卒園アルバム、記念品などの準備を整えると、美絵子は十時より、卒園児の最後の登園のお迎えに正門に立った。


「みえこせんせい、おはようございまーす」

「あっ、ちーちゃんおはよう」

「篠原さん、お宅のマンションの桜、綺麗《きれい》に咲き始めてますねぇ」

「アヤ先生、おはようございます」

「ほら友香ちゃん、アヤ先生にちゃんとご挨拶して下さい……」

孫の友香を連れてきた清水めぐみは、担任のアヤ先生に孫を引き渡した後も直《すぐ》には帰宅せず、園児達が園庭で遊ぶ姿を眺《なが》めていた。

そして大半の園児の登園が終了し、先生達が手隙《てすき》になったのを見計らって、スルスルっと美絵子にすり寄っていった。

「観たわよ」

清水めぐみは美絵子の二つ上の従妹《いとこ》で、香太朗と大也とは、この幼稚園と柴又小学校で同級生の旧知の仲だった。

「香太朗……。いよいよ来月から、お出かけTVに出るんだね。フリップの紹介写真。けっこうイケメンだったわよぉ」

「もう、めぐみちゃん……からかわないでよ。やっと落ち着いてきたんだから」

二年半前の二〇一六年九月、香太朗が突然「帝通を退職しようと思うんだ」と言い出したとき、美絵子は何しろ驚いて「まずは冷静に考えたら」と反対した。

しかし香太朗は何回話し合っても、

「俺にはもう広告会社でやりたいたことがないんだ。未練も全くない。それから……。やっぱりどうしても、『大也の件』が頭から離れないんだ」と云って聞かなかった。

「あいつは穏《おだ》やかだけど、一旦こうと決めたら頑固だからねぇ。

でもさぁ今思えば、あいつ帝通を辞めるって云い出す数年前に、おもてなしが日本のマーケティングとかウンチャカいう、小難しい本を書いたじゃない。

あたしはあんときから、こいつはいずれ帝通を辞めるなって、思ってたよ……」

美絵子は、『何云ってるのよ。あの頃めぐみちゃんは、香太朗が、何度も京都や阿波に出張するのは怪しい。絶対に悪い女に騙《だま》されている。あたしが問い詰めてやるからって、一人で鼻息荒かったじゃない』と思い出しながら微笑んだ。

美絵子が駒川大学で仏教を学び始めた頃、香太朗もまた、

「最近、日本人よりも日本に詳しい外国人が増えたと思わない？　俺達もちゃんと勉強しないとマズイよな」

と古《いにしえ》よりの日本文化について研究するようになり、素晴らしき和の仕事を創出する日本人特有の習合能力についての本を、二〇一三年に出版した。

その上梓《じょうし》までの約九年、香太朗は地元の友達と『神仏習合研究会』というコミュニティを結成して、彼らやエリアナとの視察ツアーを（清水めぐみには出張と恍《とぼ》けて）楽しんでいたのだ。

美絵子にはそれが、――『勉強に集中できる静かな時間を美絵子に用意してあげたい』――という香太朗の配慮の旅行であることが分かっていた。そして子供を諦《あきら》めてから数年を要したが、父の跡目《あとめ》を確《しっか》りと継ごうと決心した覚悟を察知して、そのチャレンジを大きく包み込むように支えてくれる夫のことが大好きだった。

「あーっ、美絵子ちゃん。今、香太朗のこと考えてたでしょう」

美絵子が、『あのとき香ちゃんは私の修学に類似する勉強を自分も始めれば、夫婦共通の話題が増えると考えたんだな』と思ったのを見逃がさないように、めぐみが肘《ひじ》でツンツンした。

「でもさぁ、めぐみちゃん。
この数年、香ちゃんには本当に色々と驚かされたよ」
いたの。
「美絵子。あたしだって、エーッの連続だったよ。
あたしさぁ香太朗が本を出すって聞いたとき、それってどんな本なのって、あいつに聞
そうしたらあの野郎、めぐみの幸せについて……とか答えたんだけど。
後日ね、あたしにメールをくれたんだよ」
と六年も前のeメールを開いて美絵子にスマホを渡した。

するとそこには……、

清水めぐみ様
香太朗です。今度出す本の概要を簡単にお伝えします。
タイトルは『おもてなしという日本のマーケティング』幻光舎より、二〇一三年四月に
上梓《じょうし》予定。

『おもてなし』というのは、『相手の立場ヲモッテ大事をナス／事前の準備万端ヲモッテ仕事をナス』という日本人のメメント・モリ（死生観からの生き様）の表れです。

そのため日本人のおもてなしは、単なる『サービスの提供』ではありません。

日本人のおもてなしには、相手の気持ちになって準備を万全に進めれば、関係の全てが進展するであろうという信念と、確《しっか》りと準備が整っていない未熟な状態で次に進んでも、良い流れを起こせる訳がないという戒《いまし》めの『両方の気持ち』が含まれています。

だから古来より日本人は、常日頃の精進《しょうじん》による事前の備えを一番に重視し、たとえば突然の来訪者でも準備が整っていれば快く御泊めして目一杯の『もてなし』をするけれども、部屋が散らかっているなど準備が整っていなければ、その方を軒先《のきさき》にすら入れないという、優しさと厳しさの両面が逕庭《けいてい》なく同居しているのです。

そんな『日本人の両面性』については、お顔は優しいのにお言葉がとても厳しいめぐみちゃんを見ていて気が付きました。なんてね。

裏が無ければ表《おもて》無《な》し。『おもてなし』が宜しいようで。

と書かれていた。

「あたしさぁ、このメールを貰ったとき……、はっきり云って何を云ってんだかサッパリ分かんなくて。これは売れねぇなって思ったのよ。そしたらさぁ、本が出たらスグに売り切れたとか、JOCから香太朗に講演の依頼があったとか……、神仏習合研究会のバカどもが嬉しそうに云うじゃない。そんで何しろ驚いたのが、オリンピック招致《しょうち》の最終プレゼンで、滝沢アンジェリーヌが、『ニッポンのお・も・て・な・し』って、やったアレよ。あんときばかりは呑んでた缶ビールを噴出《ふき》しちゃったわよ」

「うん。私もあれには驚いたけど……」

そう答えながら美絵子が腕時計を見ると十時四十五分だった。

「は～い。みんなぁ。

それじゃあ、お教室に入ってくださ～い。

うがいのガラガラをしてから、石鹸でよーく手を洗ってね～」

園庭で遊んでいた子供達の半分くらいが教室に入ると――『穏《おだ》やかに、朗《ほが》らかに、のの様キラキラ仏様～』――という園歌が消えて辺りが急に静かになった。

すると正門脇の花壇に咲く菜の花に群がる紋白蝶《もんしろちょう》を『ふわぁ』と数センチ持ち上げるように、香太朗の白いＢＭＷが細い路地を通り過ぎていった。

「ほらほらっ、噂をすればご主人様が帰って来たわよ」

すべり台の下に落ちているハンカチを拾いにいった美絵子が、小走りに戻ってくるのと同時に、「ヨウ、めぐみ」と香太朗が幼稚園に入ってきた。

「もう、ヨウじゃないわよ。
あんた、今日の夕方からアメリカの何とかってとこに行くんでしょう？
それで互恵病院の検診結果はどうだったのよっ」

「何……めぐみちゃん。心配してくれてんの？」

「もう、バッカじゃないの。
美絵子。やっぱ、こいつの悪いとこは頭だわっ。
早く、それで何だって……」

「脳・心臓・胸・お腹と、最新のＡＩも使って一流の先生に診て頂きましたが……。
悪いところはどこも有りませんってさ。

皆様、ご心配を御掛け致しました」

「美絵子。もうバカ相手してると疲れるから、あたし帰るわ。四時にあんたん家に迎えに行けばいいのね」

十二、昼夜の寒暖差

一九五五年の六月一日、京成高砂駅の北口階段の真正面に『洋風レストラン　パンの耳』はオープンした。

当時の葛飾区高砂は、駅から十分も歩けば忽《たちま》ち田畑ばかりとなる水捌《みずは》けの悪い田舎町で、少し激しく雨が降れば直《す》ぐにドブが溢《あふ》れて一面が池《いけ》のようになった。

高砂南町の奥から隣の細田村に点在する農家の家屋は、都内なのに藁葺《わらぶき》屋根で、そういう古くからの農家の襖《ふすま》や柱には、必ず床上浸水の跡が残っていた。そしてオリンピックイヤーの一九六四年に流行《はや》りの都営団地が建つまでは、起伏《きふく》なく真っ平に広がる田んぼに白《しら》鷺《さぎ》が舞っているような長閑《のどか》な所だった。

そんな高砂に突如《とつじょ》オープンした『洋風レストラン　パンの耳』は、入口の大理石の壁《かべ》が印象的な鉄筋三階建てで、その頃の高砂には似つかわしくないハイカラな感じから、開店当初は地元の人から敬遠された。

しかし、当時帝国ホテルにでも行かなければお目にかかれなかったマカロニグラタンやスパゲティを三百円で出したこと。銀座で人気となっていたハンバーグ・ステーキを銀座の半値の四百円で店の看板商品にしたこと。輸入自由化の前でまだ珍しかったグレープフルーツやキウイが何故か常時あったこと。店主がハーフの大男なのに愛想が良く日本語がペラペラで、週末になると都心から大勢の上客がやって来たこと。外人客用に柴又料亭からのお取り寄せで天ぷらやうな重も扱ったことなどから徐々に地元に馴染《なじ》んでいき、店の経営は奇跡の如く軌道に乗っていった。

パンの耳の店主石塚丈一は、私立暁聖《ぎょうせい》中学校の英語教師だった石塚真一と米ウィスコンシン州マディソン市出身の声楽家グレンダの長男として、一九二七年（昭和二年）十月十四日に東京府東京市の四谷区で生まれた。

グレンダは、チーズやビールの対日貿易で成功した米国の貿易商の娘で、十歳から十五歳迄は横浜のセイント・ジョセフ国際学園に通い日本で暮らしていたが、本格的に声楽を学ぶために十六歳のときに母親と一旦帰米して、ウィスコンシン大学マディソン校の音学学部・声楽科を卒業してから、一九二二年の秋に再び来日した。

グレンダはその冬、暁聖中学の音楽祭に招かれて讃美歌を歌った。

そのとき学校側の窓口だったのが石塚真一で、英語でも日本語でもコミュニケーションを取れた二人は直《すぐ》に意気投合して、翌年の九月に真一とグレンダは結婚した。

二人はグレンダの父親が事務所としていた四谷荒木町の家を譲り受けて新婚生活を始めると、直《すぐ》に子を授《さず》かり、翌年の十月十四日に目出度《めでた》く長男『丈一《じょういち》』が誕生した。

一九三四年四月、石塚丈一は父が勤務していた暁聖《ぎょうせい》小学校に入学した。するとバイリンガルでハキハキしている両親を手本に、言葉、感覚、気質の全てにおいて両刀使いな、明るく人懐っこい少年に育っていった。

そして一九四〇年の三月に暁聖小学を卒業すると、丈一はミドルスクールから米国で学ぶべく、一九四〇年の五月中旬にグレンダと二人で、ウィスコンシン州マディソン市の母の実家に向かった。

——丈一が分厚いベルベットのカーテンを開けて大きな全面窓から広い庭に出ると、毛足の長い洋芝が朝露《あさつゆ》でキラキラと輝いていた。

メンドータ湖とモノーナ湖に挟《はさ》まれた地峡《ちきょう》の上にあるマディソン市は湿潤《しつじゅん》な大陸性の気候で、夏は涼しく過ごし易いが昼夜の寒暖差が激しい。

この地の勝手を知る母親に付いて庭から奥の森へと進んでいくと、州鳥のコマツグミが『チチッピピッ』と高く抜ける鳴声で丈一達に話しかけてきた。小川のせせらぎと小鳥のさえずりに包まれながら澄んだ朝の空気を吸い込むと、二人は自然と目覚めていった。

そのためだろう。いつの間にかグレンダは上機嫌で、朝の斜めに木漏れる陽光に照らされて、笑顔が瑞々《みずみず》しく弾《はじ》けていた。

「丈一。この街は何しろ水が綺麗《きれい》で森の空気が気持ちいいの。
その代わり冬は、かなり寒くなるわよ。
マイナス二〇度以下になることだって珍しくないんだから」

六月の上旬にグレンダの実家に着いた二人は、数日ゆっくり過ごして長旅の疲れを癒《いや》すと、翌週の火曜日よりミドルスクールの見学を開始した。

この地域は、一九〇四年に提唱された「ウィスコンシン・アイディア」という教育哲学を基に、州政府が州民に高等教育を受ける機会を平等に与える政策を長年丁寧に推進してきたため、他州よりも教育レベルが高く、各校の教育方針も多種多様で個性が強い。

どの学校も独自の教育論や自慢の文化・芸術・スポーツに関する実績を熱く語るので、丈一は日本の学校との違いに驚いた。

「お母さん、今日気が付いたんだけど、この街には色んなルーツの人がいるんだね。
今日、学校の説明をして下さった先生は、お父さんがニューイングランド出身のヤンキーで、お母さんがノルウェーのハーフだと云ってたし、そのあと校内を案内してくれた先輩は、曽祖父《ひいおじい》さんがビール造りに適した水を求めてドイツの東部からやって来たアシュケナージの子孫だと云ってたよ」

丈一が云うとおり、ウィスコンシン州に住む人は、民族的に多様である。
ネイティブアメリカンの他を古い順に整理すれば、毛皮交易時代からのフランス系移民。鉛の採掘《さいくつ》時代に州の南西部に入ったイングランド・コーンウォールの出身者。一八四八年の州成立を契機にニューイングランドやアップステート・ニューヨークなどの米国北東部から引っ越してきて工業、金融、政治、教育を支配したヤンキー。一九世紀の後半に大量に入ったドイツと北欧を中心とするヨーロッパ系移民。二〇世紀になってから入ってきたメキシコ系の米国人やアフリカ系の米国人など、この地は民族的に多様であり多元的でもあるため、丈一のようなハーフも臆せずに伸び伸びとやっていける。
この点こそ、両親が丈一をマディソンで学ばせたいと思った一番の理由であった。

そして色々と比較検討した結果、グレンダと丈一は、日本庭園が大好きだという校長が、この街の『多様性と多元性』について熱く語ってくれた市立のマドーナ校を選好して、九月一日からの始業に向けて七月の下旬には入学手続きの全てを完了させ、新生活の準備を整えた。

――母親の任務を終えたグレンダは、後は一ヶ月くらい久しぶりの故郷をゆっくりと満喫《まんきつ》して、八月の下旬にゆっくりと日本に戻るつもりでいた。

ところが一九四〇年八月十三日。ドイツ空軍がイギリスに本格的な航空戦を開始したため、欧州を越えた世界大戦への突入や日米開戦の可能性が急に騒がれ出して、父カルビンから「ここが一番安全」「今は動かず暫《しばら》く様子を窺《うかが》った方が良い」と云われて、グレンダは日本への帰国を遅らせた。

「グレンダ。大丈夫だよ。

パパは昨日、ファイアストーン社の重役さんにお会いして色々と話を聞いてきた。その方は、今、人気のリンドバーグ達と、ルーズベルト政権に日本との対立は不毛だと訴えている人だ。

ご一緒に食事をした大学の教授も、米国の参戦には何一つ利がなく、米日関係は、世界恐慌前の良好な同盟関係に整え直すことが一番望ましいと云っておられた」

「間違いなく、米国内では反戦気運の方が圧倒的に高いよ。少しの辛抱だ。そのうち日本に行けるさ。安心しなさい」

日本との貿易で成功した親日派のカルビンは、不安気《ふあんげ》な愛娘《まなむすめ》グレンダに優しくそう説明した。

　しかし、その念《おも》いとは裏腹に、世界情勢は急転していった。

　翌月の九月二十七日に、日独伊三国同盟が締結されたことから、グレンダは物理的にも簡単には日本へ渡れなくなり、更には翌年の一九四一年十二月七日、日本陸軍がマレー半島に上陸して南方への進軍を開始。そしてその一時間後に、日本海軍がハワイオアフ島の真珠湾に停泊中の米海軍太平洋艦隊を奇襲《きしゅう》攻撃したため、グレンダは完全に日本に戻れなくなってしまった。

　後《のち》に分かることだが、その陰には知られざるＣＦＲ（外交問題評議会）の誘導やソ連の巧妙な諜報活動があった。

　ソ連は受益によって日和見となるルーズベルト民主党政権の中枢に、ハリー・デクスター・ホワイトや、アルジャー・ヒスといった諜報員を忍びこませて、日本への石油の全面輸出禁止を決めるなど、日本の方から米国開戦に踏み込むしか道がないように、追い込んでいく工作をした。

　そして一方の日本側にも、対米開戦の分がかなり悪いと分かっていても引くに引けないところのある上層部に、リヒャルト・ゾルゲらを近づかせて、中国戦線の拡大や対米開戦を煽《あお》る工作を、同時並行的に展開していたのである。

十三、父達のメメント・モリ

一九四六年二月一日（金曜日）の夜二十一時過ぎ。

居留《きょりゅう》民会救済処長の北先生に頼まれて、ロープとスコップを取りに入ったレンガの倉庫は真っ暗だった。

闇黒《あんこく》を摺《す》り足で確かめながらゆっくり進んでいくと臑《すね》に冷たく固い何かが当たったので、重光啓吾はそこで立ち止まり蠟燭《ろうそく》に火を付けた。すると、匪賊化《ひぞくか》したソ連兵に家財道具の一切合切《いっさいがっさい》から壁や床の内板《うちいた》までが持ち去られた荒《すさ》んだ土間に、七人の亡骸《なきがら》が凍《こお》って並んでいた。

重光啓吾の臑《すね》に冷たく当たったのは中年男性の遺体だった。

その人は、身包み剝《は》がされてから何ヶ月も着たきりだったのであろう汚れた秋服の上に米袋をポンチョのように被り、腰に藁《わら》の筵《むしろ》を巻いて必死に防寒していた。

最期に『畜生』と叫んだように口が開いている痩《や》せ窪《くぼ》んだ顔から目線を外してグルリと室内を見回すと、ロープとスコップは入口の脇壁《わきかべ》に立て掛けてあった。

半年前ならば慄《おのの》き怯《ひる》んでいたかもしれないが、連日、阿鼻叫喚《あびきょうかん》の地獄を見てきたため、重光啓吾は中学三年生にして死屍《しし》くらいでは全く動じなくなっていた。

――重光啓吾は小学三年生から六年生までの四年間を、初夏の凱風《がいふう》に雪の如く柳絮《りゅうじょ》が舞う美しき都『新京《しんきょう》』で過ごした。そしてちょうど小学校を卒業するタイミングに、感染症治療の第一人者であった父親が満州医科大学に教授として招聘《しょうへい》されたため、家族で『奉天《ほうてん》』に引っ越すことになった。

その引っ越しで初めて乗った特急アジアの展望車は、高速なのに全く揺れず頗《すこぶ》る快適で、ヤマトホテルのシェフがホテルと同じ料理を出すという食堂車の西欧料理も驚きの美味しさだった。

奉天駅に到着すると、一家はまず満州医科大学のある奉天大広場までタクシーで移動した。奉天大広場は、直径百メートル程の美しい広場で、周りを囲むように、奉天ヤマトホテル、奉天警察署、奉天三井ビル、東洋拓殖奉天支社、満州医科大学などの瀟洒《しょうしゃ》な近代ビルヂングが悠然《ゆうぜん》と聳《そび》え立っていた。そして舗装路が碁盤の目に整備され、幅広な大通りが広場から放射状に伸びる新市街の雰囲気は、新京とよく似ていた。

満州医科大学は、前身を満鉄が整備した病院併設の立派な大学で、日本人と中国人とがとても良い関係で学び働いていた。また学校が重光家に用意してくれた邸宅は、裏北門から徒歩で数分の床暖房が完備された鉄筋二階建てで、全てが素晴らしく快適だった。

しかしその生活は三年と続かなかった。

数時間後に長崎に原爆が落とされる一九四五年八月九日の未明。百五十七万のソ連兵が、突如《とつじょ》日ソ中立条約を無視して四千キロに及ぶ国境線を一斉に越えて侵攻してきた。直《す》ぐに関東軍が出動するが、広域多所に散《ち》り散《ぢ》りの小隊では全く歯が立たず次々と敗走する。

そのため開拓団として国境付近の外郭地にいた約八十万人（奥の居留地《きょりゅうち》に移住した人の約半数）が、着の身着のままで中央の新京や奉天を目指す『避難民』となってしまった。

列車が出るという噂が流れると瞬《また》く間に駅舎に人が殺到《さっとう》するのだが、そんな列車は何処《どこ》にもない。運良く貨物列車が手配されて何とか乗り込むことが出来ても、機関士がソ連兵に拘束《こうそく》されてしまい、何時まで経っても発車しない。

夜になると屋根のない貨物車に匪賊化《ひぞくか》した下級兵が銃剣を持って上がってきて、腕時計などの金品を「ダワイダワイ（よこせよこせ）」と強奪していく。女性達はハサミで御髪《おぐし》を虎狩りにし、泥や石炭の粉で頬を黒く汚してカモフラージュしたが、それでも次々に連れ去られてしまう。

やめてくれとしがみ付いて懇願《こんがん》抵抗すれば、家族諸共に射殺され、こんなことならばと集団自決する悲劇が日に日に増えていった。

食料も財産も何も無い丸裸の状態で窮地《きゅうち》を躱《かわ》しながら十日も歩き続けて、漸《よう》く新京や奉天に辿り着くことが出来ても、避難民に休む部屋はなかった。

殆どの人が公園や道路の片隅で地べたに寝るしかなく、そこで気力の糸を断ち切られた人に発疹チフスに罹《かか》る者が続出した。衰弱《すいじゃく》しきっていた避難民は一気に高熱を出すと半日ももたずに亡くなった。するとそれを――『避難民に恐ろしい奇病が蔓延《まんえん》している。近寄ると移るぞ』――と流布《るふ》されて、都市住民との分断・格差は酷《ひど》いものとなっていった。

それを見兼ねて『避難民に救いの手を』と声を上げたのが、満州医科大学の外科医長で、後に瀋陽《しんよう》居留民会の救済処長となる北良一先生だった。

北先生は、街の掲示板や回覧板で、都市の富裕層に『休む場所と食料の提供、寝具や衣類の寄付、資金援助』を訴えた。しかし明日は我が身。家族を守る備えに注力したいというこ となのか、奉天の日本人市民の反応は悲しい程に薄かった。

「啓吾くん。一昨日、市公署の隣りの倉庫を提供して下さった春日町の越後屋さんが、今度は、使っていない座布団でお布団を三つ作って下さったというので、それを取りにいってくれないか」

五族共和・王道楽土の理想郷の建造に向けて共に汗してきた同胞の窮状《きゅうじょう》を目の当たりにしているのに、越後屋のように救済支援を申し出てくれる人は本当に少数で、多くの人が避難民と距離を取り、接触も交流も持とうとしなかった。

啓吾は北先生の手伝いをしながら――『これは生死の狭間《はざま》に追い詰められた時に反射的に出てしまう防衛本能だから仕方ないんだ。たとえ少数でも、救いの手を差し伸べて下さる方がいるのは有難いこと』――と、少年は自分で自分を諭《さと》した。

その一方で、満州医科大学病院で働いている中国人スタッフや、中国人医学生の親族、日頃の北先生の研究・治療・教育指導に共感心酔していた中国紅卍会からは、日本人市民からの何倍もの食料や寄付金が寄せられていることを父から聞いて、啓吾は北先生の救済活動の意義と、国を超えた人の心の奥深さを知った。

また啓吾はこの僅かな期間に、『人間の解《げ》せない二面性』を幾つも目撃した。

奉天にまだ少数しか避難民が着いていなかった終戦詔勅《しょうちょく》の翌日。連合軍捕虜の収容所の付近に、突如、米国の情報機関ＯＳＳのパラシュート部隊が降りてきた。

日本中を焼き尽くし、広島・長崎に化学爆弾を落とした鬼畜米英が乗り込んできたのだから、これでソ連軍が奉天に進駐する前に満州の全てが終わると戦慄《せんりつ》していたら、米兵は国力の差を感じさせる大型の輸送機で約二千名の捕虜を脱出させると、我々には全く目もくれず、ソ連の満州侵攻の状況を調査して南方に退避していった。

その平穏《へいおん》も束《つか》の間、八月十七日の昼過ぎには九日の未明より命からがらソ連軍の目を潜り抜けてきた避難民が続々と辿り着き始めて、奉天の空気が変わり始める。

そして八月十九日、ついに四万のソ連軍が奉天に進駐。しかし『何故か？　誰が手配したのか？』奉天では何万人もの市民が沿道でソ連の旗を振ってソ連軍を出迎える。

前途不明のまま、その日の内に関東軍とソ連軍の停戦協定が結ばれたと聞こえてきたが、その結論は、――関東軍の将兵六十万人が捕虜としてシベリアに送られる――ということだった。

これにより満州国は消滅となり、奉天《ほうてん》は街の名を瀋陽《しんよう》と改められ、満州居留民全員が全く無防備な無法状態でソ連の管理下に置かれることになってしまった。

弱肉強食の世界で身を守る術がない無防備無法な状態が、どれ程恐ろしいものか。

皆の脳裏に、日本は反撃も出来ない弱い国と嘗《な》められて無差別の虐殺《ぎゃくさつ》を受けた、尼港《にこう》事件や通州《つうしゅう》事件の恐怖が蘇《よみがえ》った。

すると案の定、市民が旗を振って出迎えたソ連軍の行動は、終戦翌日の米軍パラシュート隊とは全く異質な、容赦《ようしゃ》のない冷徹なものだった。ソ連軍は中国共産党と連携して関東軍の全軍備を鹵獲《ろかく》し、瀋陽の鉄鋼工場や自動車工場の設備をネジ一本残さず持ち出すと、まるで爆撃したかのように施設を徹底的に破壊した。

都市住民も家屋や財産を押収され、次々と収容所に放り込まれた。またそうした略奪に便乗した匪賊《ひぞく》が湧いて出て、非道な暴行や強奪が横行したため、無残に命を落とす者が絶えなかった。

そんな中、満州医科大学は、ソ連側の負傷兵の治療と収容を引き換え条件に確《しっか》りと大学病院の存続を図り、大学関係者の身の安全と此方《こちら》側の病人・怪我人の収容許可も確保した。

「救護会のお兄さん……。何か、何か食べ物を、恵んでもらえませんか？」

寒さと飢えの恐怖が徐々に増してきた十月の下旬、病院のお使いで旧市街に出た啓吾に路地の陰からダランと座ったまま声を掛けてきたのは、北先生と資金援助を頼みに行った際に先生を門前払いにした浪速通りの時計屋の店主だった。聞くと、――『二日前の夜に、捨てられていた白菜の腐った葉を取り除き、腐りの遅い芯の部分を生のまま齧《かじ》ってから何も食べていない』――とのことだったので、啓吾はその人を負ぶって満州医科大学に連れて帰ることにした。

途中、店舗を奪われた奉天銀座商店街の旦那衆《だんなしゅう》と思われる数名が、あんなに嫌っていた避難民に倣《なら》って屋台を出し、甘酒や餅を売っているのが見えた。

「時計屋さん。甘酒……、飲みますか？」

衰弱した店主に甘酒を飲ませてやろうと思い其方《そちら》に向かったが、力士よりも巨《おお》きい若いソ連兵三人が屋台の方に行ったので、啓吾は一旦《いったん》止まって様子を窺《うかが》った。

彼らは一番手前の屋台で甘酒を受け取り、隣の屋台の鉄板から直に餅を取って旨そうに食いながら談笑していた。一番若いソ連兵は奥の屋台の大福が気に入ったようで、店主に「これは旨いね」と言っていた。色々と飲み食いをして三人が帰ろうとしたので、餅屋の親爺が「お代は……ですと」と云ったように見えた。すると一人の将兵が、いきなり腰から銃を抜いて餅屋の頭を打ち抜いた。

額からドクンドクンと溢れ出る血液が鉄板で『ジュウジュウ』と音を立てて煙を上げているのに、周囲の人は誰もが見て見ぬふりのネグレクトで、ソ連兵達は何事もなかったように立ち去っていった。

「避難民の人達が云ってたとおり、ロスケには、あんな人非人《にんぴにん》が居るんですね」

甘酒を飲ませてあげることを諦《あきら》めた啓吾は、それから二十分ほど時計屋を負ぶって満州医科大学に戻った。すると正面玄関を抜けた先の芝生の広場で、白衣の日本人看護婦が抱く赤ん坊を一緒にあやしている無邪気なソ連兵が見えた。

近づくと、何とそれは、先程屋台で餅屋の頭を打ち抜いたソ連兵だった。

啓吾は居留民医務室《きょりゅうみん》の先生に時計屋の主人の保護をお願いしてから、北先生の外科室に戻り、今日目撃した事件の一部始終を先生にお話しした。

「そうか。時計屋さんは店ごと全ての財産を盗られてしまったんだろうな。荒《すさ》んだ街の空気は暫《しばら》くは戻らんだろう。閾《いき》を超える戦下非常時の重圧は、人の心を歪《ゆが》めて瓦解《がかい》させてしまうからね」

「最後のソ連兵の二面性は、語るに及ばずの話しだけれども……。啓吾君は、幕末に開国と攘夷《じょうい》で心が揺れた、徳川慶喜《よしのぶ》の二心は、どちらが本心だったと思う？」

突然の質問に啓吾が戸惑っていると、北先生は――人間は立場や流れによって、自分の考えと異なる矛盾《むじゅん》を背負わざるを得ないことが有るのだと。だから今噴出《ふきだ》している対立の二心も、所詮《しょせん》、小さな人間の胸中で起きている逕庭《けいてい》のない二心だと承知して、じっくりと事の本質を考えることが大切なんだ――というようなことを仰《おっしゃ》り、啓吾に、この人は慶喜の先生だと云って『西周《にしあまね》』の百一新論という本を手渡した。

啓吾はその日の晩から、早速、西周《にしあまね》の本を読みはじめて十時過ぎに布団に入ったが、昼間の事件の興奮のせいか深く眠れず、何度も同じシーンを繰り返す嫌な夢に魘《うな》された。

「避難民に近づくと敗戦病が移るぞ」
「お母ちゃま。あの人達お家がなくて可哀想だから、このお煎餅《せんべい》をあげてくるね」
「バカ、そっちに行くんじゃありません」

「大変です。米兵の軍団がパラシュートで降りてきています」

「ほら小僧。この旗を皆に配って、お前も沿道で振れ」

「ダワイダワイ。その腕時計と後ろの女をこっちによこせ」
「辛いことだが、ロスケ用の遊郭《ゆうかく》を女特攻隊で作るしか、奴らの横暴を抑える手立てはないんじゃないか？」

「何か……、何か食べ物を、恵んでもらえませんか？」

「お代は全部で……です。カシャ、バスン」

――十二月に入り満州の街が凍り出した頃、終戦後の新たな禍根《かこん》になり始めていた米ソ対立が影響して、蔣介石《しょうかいせき》の国民党と毛沢東《もうたくとう》率いる共産党の『国共内戦の対立』が再燃した。

当時国民党は、上海・重慶・南京・青島・広州などの南部沿岸地を拠点に、上海・広州に駐屯する米国から支援を受けていた。一方共産党は、延安《えんあん》・哈爾濱《はるびん》・長春・瀋陽《しんよう》などの北部内陸地を拠点として、満州に侵攻したまま駐留を続けるソ連軍と連携していた。

この勢力図にメスを入れたかった米国は、大型の戦車揚陸艦《ようりくかん》を百隻も出して、華中南方に居た国民党軍を華北東北へ送り込む戦略を開始する。そしてその支援を受けた国民党は、一九四六年四月に瀋陽に居た共産党への攻撃を開始する。

この国民党と共産党の対立とリンクして米ソの対立が顕在化《けんざいか》していくのだが、このとき中国大陸に日本の影響力の痕跡《こんせき》を残すと、後に復讐《ふくしゅう》の脅威《きょうい》に繋《つな》がると考えていた米国は、その国民党軍の運搬船の帰り足を使って満州居留民百一万人を日本に帰還させる計画を立案する。

この頃既に残留日本人二百八十万人の約半数がいた南部からの帰還は始まっていたが、東北満州からの帰還を実現させるには、米海軍の目が届き、国民党勢力と共産党の勢力の丁度境界線に位置する葫蘆島《ころとう》を抑えて、瀋陽《しんよう》に米軍の輸送本部を設置する必要があった。

そのために米国は国民党軍を北部に送り込んで、瀋陽を奪取する攻撃をさせたのだ。

凡《およ》そ米国の計画どおりに、一九四六年五月七日から葫蘆島《ころとう》よりの満州居留民百一万人の帰還が始まった。

幸運にも重光啓吾は、五月の下旬に母と姉と共に輸送船に乗れることになったが、父や北先生などの満州医科大学の関係者は残留となってしまった。

米国の大型輸送船百隻の帰り足を使って一度に約五万人を帰還させる計画は、当初は順調だった。しかし夏に向けて暑くなり出すとコレラが蔓延《まんえん》して送還が度々《たびたび》中止となった。

このときも啓吾の父親達は、コレラの抑え込みに大きく貢献して存在感を示す。

満州医科大学の関係者は、僅か五百数十名の人員で、全く予算のない中、医療に携わる者としての純心な使命感のみで猛威《もうい》を振るうコレラのワクチン開発にあたり、民族国籍を問わない治療を（今、再確認すると当時の世界最高のクオリティで）行いながら、医師や看護師を目指す中国人学生の教育も行った。

そのお陰で何とかまた帰還船を出せるようになるのだが、如何《いかん》せん、栄養失調で体力が落ちた人で満員密《みつ》となる消毒も行き届かない船内のこと。直ぐにまた其処彼処《そこかしこ》でコレラが再発してしまう。

こうなると、すぐそこに日本の港が見えていても着岸が許されず、船内で亡くなる者や発狂する者まで出た。こんなことを繰り返すしか術がなかったため、結局、葫蘆島《ころとう》からの帰還者の四人に一人に当たる約二十四万人もの人が帰還できないままに命を落とすことになってしまった。

——運よく博多港に帰還してから約二年。大学受験の勉強に励む重光啓吾は、母が東京都葛飾区の高砂北町に借りた小さな家から父や北先生に何通も手紙を出したが、満州からの返事は一切なく、全くの音信不通が続いていた。

その頃瀋陽《しんよう》では、俄《にわ》かに満州医科大学の関係者をまとめて米軍機で帰還させる計画が持ち上がっていた。しかしながら其《そ》れには多額のお金が必要で、残留した五百数十名の所持金の合計では全く資金が足りなかった。

すると、これ迄の満州医科大学の感染症対策における数々の功績や分け隔てのない治療、そしてつくづく丁寧で親身な教育指導のことを知っている中国人のスタッフや学生、その親御さん達が、恩師のためならばと、多額の寄付金を集めてくれた。

一九四八年の春、満州医科大学の関係者五百数十名は、この寄付金のお陰で最後の脱出チャンスを摑《つか》み、奇跡の生還を果たすことが出来た。

帰国後、北先生は、捕虜《ほりょ》としてシベリアに連れていかれたままに、極寒地で地獄の強制労働を強いられている約六十万人の抑留者《よくりゅうしゃ》を、何としても家族の元に生還させるための『朔風会《さくふうかい》』を立ち上げられ、生涯、苦境の人の救済支援に奔走《ほんそう》された。

十四、肯定的ダブルバインド

太平洋戦争が終わり一年と数ヶ月が経った一九四六年十二月二日、ジョージ・ペレスは六年半ぶりに日本の地を踏んだ。

彼は戦前に日本で生まれた所謂《いわゆる》ＢＩＪ（ボーン・イン・ジャパン）と云われる米国人で、年明けの一月より米軍横浜の通信部隊で働くために日本にやってきた。

当時はＢＩＪを含めて、米国兵で日本語が話せる者は殆どいなかったのだが、彼は英語と同等に日本語が出来た。

そのため着任して一ヶ月も経つと、彼の日本語力は評判となり、昼に夜に仕事に遊びにと、ペレスは米軍横浜の人達から引っ張り蛸《だこ》になった。そして……、

「日本人の武士道って、どういうことですか？」

「日本の女性は自由を奪われ、男性にずうっと虐《しいた》げられてきたのですか？」

こんな質問がくるとペレスは、必ず『ある一文』を書いて手渡し、それを基に日本と日本人を理解するよう説明した。

男に生まれたなら、まずは男を磨《みが》きなさい。
磨きが足らないうちは、
全くもって反極の女の言い分が分からないが、
男を磨いていくうちに、女の凄さが、
男にない数々の底力が見えてくる。
そして自分にない女の根性を学び、
母なる女に感謝しながら、さらに男を磨き続ければ、
そのうち男が見え、女が見え、人間が見えるようになってくる。
男の磨きを怠《おこた》る輩《やから》には、女も人間も永遠に見えることはない。

「これは日本に伝わる『習合《しゅうごう》／両利《りょうき》き／止揚《しよう》』という考え方です。
どうです？　考えが深く諦観《ていかん》に満ちていますよね」
「そして今の『男』の所を『米国』に、『女』の所を『日本』に、『人間』の所を『世界』
と置き換えて、もう一度読んでみて下さい。
他にも『男女』の所に色々と相克する両極を入れて、『世界』を考えてみて下さい」
「この『習合／両利き／止揚』の考え方は日本を理解する上でも、今後の我々の世界戦略
を考えていく上でも、大変に役に立つ思考法だと思います」

という決め台詞《ぜりふ》でいつも締めた。

そしてペレスは、数ヶ月後には海兵に日本人の気質や日本文化を教える教育官に昇格して、持ち前のプレゼンテーション能力を発揮して大活躍した。

――赴任《ふにん》して七ヶ月が経った七月最終週の日曜日。同僚達と横須賀の走水海岸で遊んでいると、そこにルイス山田と名乗る進駐軍専門の職業紹介所の所長が、わざわざ訪ねて来た。

「ペレスさん。お休みのところすみません。

実は、折り入ってお願いしたい件がありまして……。

私は、あるエグゼクティブから、日本人の気質を良く知っていて日本語に堪能《たんのう》な人間をリクルートしろと云われているのですが、あなたの評判を聞きつけたその方が、今日これから、あなたに会えないかと言ってまして……。

大変に急な話で申し訳ないのですが……。

出来ればこれから、横浜のグランド・ホテル迄ご同行願えないでしょうか」

ジョージ・ペレスは、折角、仲間と綺麗《きれい》な海を楽しんでいるのにと思ったが、ルイス山田の風貌《ふうぼう》が何となく戦争で亡くなった父親に似ていたので、グランド・ホテルに同行することにした。

着替えを済ませて海岸から別荘街の舗装道まで坂を上がっていくと、進駐軍の黒塗りの高級車が停まっていた。

「それで山田さん。私はどうすれば宜しいのですか？」

「何も心配は要りません。

今日は、あちらの話を聞いて、その流れで対話して下さい」

「あなたの活躍についてのレポートを、既にあちらは読んでいて予習済みです」

そんな確認を英語でしているうちに、クルマは二十分程で横浜のグランド・ホテルに到着した。

ルイス山田はペレスを五〇三号室まで案内して呼び鈴を押すと、ドアを開けたクライアントと思《おぼ》しき五十歳前後の紳士に、「私はロビーで待機しております」と告げて、一緒に部屋には入らなかった。

「ペレスさん。今日は突然すみません。

外交官のアール・チャールズ・ブリームです」

「実はあなたに、私と一緒に東京で仕事をして頂きたく、お声をかけさせて頂きました」

アール・C・ブリーム氏は穏和《おんわ》な感じの非常に感じの良い紳士だった。そしてお決まりの挨拶《あいさつ》が終わると、

「この話。あなたの上司には私の方からきっちりと説明を通しますので、ご安心下さい。

東京での住処も当方で用意します。

給与は恐らく今の二倍以上になると思います」

「但し一つだけ、厳しい約束の条件が有ります。

それは私の外交官業務を詮索《せんさく》せず機密を厳守《げんしゅ》することです」

と夢のような話を並べた。そして最後に「我々が行う仕事は、米国のため、そして日本のために、日本を経済復興させる仕事です」と云った。

ペレスは、あまりに願ったり叶ったりの話だったので、「分かりました。お役に立てるよう頑張ります。是非、宜しくお願い致します」と二つ返事でその話を受けた。

――一九四七年八月十八日より、東京でのジョージ・ペレスの仕事が始まった。

雇い主であるブリームの業務拠点は、主には米国大使館と丸ノ内界隈のホテルだったが、日本陸軍士官学校跡のパーシング・ハイツや、三井の本館、本郷の三菱岩崎邸、日本郵船ビルなどに出向くことも度々あった。

ペレスの仕事は、ブリームの秘書・通訳と、ブリームがホストの食事会の仕切りだったが、通訳以外でブリームから同席を求められることはなかった。

そんな東京での仕事が動きだしてひと月も経つと、ペレスには幾つか不思議に思うことが出てきた。

「何で何時もブリームさんより肩書きが上だと思われる人が、次々と向こうから訪ねてくるのだろう？

日本の大臣とか上級官僚も頻繁《ひんぱん》に訪《たず》ねて来るし……。

でもブリームさんに部下は、僕の他に、ほんの数人しかいないんだよなぁ？」

しかしそんな疑問が湧いてきても、ペレスは当初の約束どおりに、ブリームを一切詮索《せんさく》しなかった。

　すると翌九月の最終土曜日、ブリームから「今晩、君の家へ行っていいか？」と電話があり、帝国ホテルでサンドイッチやビールを買い込んだブリームが、ペレスの四谷坂町の家にやって来た。

「ジョージ。今日は君のこれからの仕事について、詳しく説明をしたいんだ」

「実は先週、ＣＩＡという情報機関が発足してな。マッカーサー元帥は、そのＣＩＡが日本で活動することを嫌がっていたのだが、今週の閣議でＣＩＡが日本の復興推進を担当することが正式に決定したんだ」

　ブリームは、サンドイッチを片手にそう切り出すと、今後の対日情報戦略について語り出した。

「これまでは、日本が二度と戦争を行えないよう厳しく管理して簡単には復興させない、というのが基本の対日政策だったのだが、今回その方針が改められ、私達のミッションは日本の復興促進だ」

「そのとき日本の復興に最も必要なのは電力なんだよ。だから日本の電力不足の解消に向けて、米国政府は日本に原子力発電をやらせたいんだが、日本人は原子爆弾に恨《うら》みを持っているから、ただ原子力発電をやれと命じるだけじゃ、この話は上手くいかない」

「そこでだ。日本に原子力発電をやらせるには……、その前に」

「まず日本人を、米国が大好きな親米国民に変えて、米国が一番。米国最高。米国の云うことに間違いはない。米国についていけば日本人は必ず幸せになれる……っていう考え方や雰囲気を、日本全土に醸成《じょうせい》しなければいけないんだ」

「そこで来月から君の力を貸してほしい」

若いペレスは、アール・C・ブリームが今後の国家戦略を丁寧《ていねい》に説明してくれた上で、その業務に力を貸してくれと云ってくれたことに驚き興奮した。

そして戦争によりBIJとなった自分の生い立ちと、それ故《ゆえ》、自分が米国と日本を同じくらい愛していること。ついては今回の任務を是非やってみたいことを正直にブリームに話した。

「米日両国のためになるなら、力の限りご協力させて頂きます」

ブリームが改めて、「ジョージ。我々の任務は米国のため、そして日本のために、日本を復興させる仕事だ」と云うと、そのひと言がペレスの右耳には、『日本を従米の経済大国に育てて、この先米国を支援してもらう』と英語で聞こえたが、一方の左耳には日本語で、『米国と心を一つにして頑張れば、日本人は平和と民主主義と経済繁栄を手にすること出来る』と聞こえた。

「ジョージ。君は僕が思ったとおりの若者だ」

そしてこの日を境に二人は日に日に親密になっていき、ブリームはペレスのことを部下というより、息子のように可愛いがるようになっていった。

十五、インビジブルな念《おも》いの力

「あっ、もしもし香太朗……。朝野です。今、ちょっと話せるか？」

「実はな……」

「今、石塚が突然電話で、明修大を辞めるって云ってきたんだ」

「えっ、大学を辞める？　何かあったんですか？」

「一昨日会ったときには、そんなことは一言も云ってませんでしたけど」

二〇一六年七月五日火曜日の夜、これからタイに向かう飛行機に搭乗する直前だという朝野《あさの》啓太《けいた》から電話が入った。朝野は香太朗と大也の東大時代の山岳部の先輩で、昨年、明修大学国際関係学部の学部長となった石塚大也の上司である。

朝野が云うには、それは引き留めなどの話が出来ないこのタイミングを狙った意志の堅い連絡で、『大変申し訳ないが一身上の都合で辞めさせて頂きたい。残っている授業は講師の佐々木君に代打をお願いしてある。辞表は学校に郵送しました』と一方的に告げると、『長い間、本当にお世話になりました』と電話を切られてしまったというのだ。

香太朗は朝野との話を終えると、直《すぐ》に大也の携帯に電話を掛けたが通じない。美絵子と夕食の最中だったが箸《はし》を置いて、そのままクルマで大也のマンションに走った。

石塚大也は一昨年に父石塚丈一が亡くなると葛飾高砂の実家を売り払い、明修大学に近い神保町のマンションに越していたのだが、その部屋は既に引き払われて、もぬけの殻だった。

「大也……。いったいどうしたって云うんだよ」

するとその翌日、石塚が失踪《しっそう》の直前に書いたと思われる手紙が香太朗の自宅に届いた。封書には『横須賀郵便局、二〇一六年七月四日』と消印されていた。

前略、香太朗様　不躾《ぶしつけ》にて御免。

何の相談もせず驚かせてしまったこと、

心よりお詫びを申し上げます。

今回のこと、訳あって詳しく説明出来ないのだが、

俺はこれ迄の自分を忘れて人生をリセットすることにした。

親父がパンの耳を閉めたのが二〇〇八年の十二月末。

最後のクリスマス会の後に、二人は残って付き合えと云われて遅くまで親父の話を聞いた日のことが、今は妙に懐かしい。


俺はこの二十八年、何度も米国に足を運び、それなりの研究成果を上げることが出来たと思っている。

だがその道を突き進めば、いずれ俺がパンクすることを恐らく親父はお見通しだったのだと思う。

香太朗に何時も「こいつを頼むな」と云ってたのは、きっとそのためだ。

知ってのとおりウチの親父は洒脱《しゃだつ》な性格で常に笑い声の絶えない人だったが、
あの青い瞳の奥は何処か恐ろしく凍っていた。
お袋亡きあと、あの目の氷が融けるのは、
お前と話す時だけだったよ。
親父も俺も（おっと美絵子ちゃんもだ）

香太朗の笑顔にやられたクチだな。
改めて礼を言う。これまで本当に有難うな。

それでだ……。
俺のこれまでの研究資料を全て貴殿に進呈したい。
要らなければ遠慮なく処分してくれ。
一方的に訳の分からぬ事を云って悪いが……。
香太朗は今までどおりに、香太朗らしくやってくれ。
じゃあな……香ちゃん。

草々

と万年筆でそれは丁寧に書かれていた。

何の相談もなく石塚が消えたショックから、香太朗は暫《しばら》くは食事が殆ど喉を通らず、一週間で四〜五キロも痩せるほどの落ち込み様だった。そして持ち前の明るさも影を潜めて、お盆過ぎまで物思いに耽《ふけ》る日々が続いた。

「美絵子……。お盆休み明けの神仏習合研究会の飲み会に香太朗も来てたけど、見た感じ少し元気になったね」

「それがねっ、めぐみちゃん大変なの。最近、少し元気になってきたなと思ってたら……。今度は香ちゃん、帝通を辞めるって言い出したの」

「そう帝通を辞めるの……。えエーッ……」

香太朗は帝通の早期退職制度が発表されると、一切迷うことなく申し込み初日の九月二十六日に、即、手を上げてしまった。

それから丁度一週間くらい経った十月の初旬、香太朗の自宅ＰＣに朝野からメールが届いた。

重光香太朗さま

浅野です。石塚の件では色々と有難う。

昨日、ようやくタイより帰国しました。

実はそのとき成田空港で桜テレビの野口君と会って、

君が帝通を十一月末で退職すると聞いてビックリしました。
さて、例の石塚の資料を君に引き渡したく
ついては久しぶりに帝釈天にも行ってみたいので、
体育の日がらみの三連休の何処かで柴又に伺いたいのだが。
君の都合は如何でしょうか？

浅野啓太拝

律儀《りちぎ》な香太朗は、「当然、自分がそちらに資料を取りに伺う」と、その晩すぐに浅野に連絡を入れたのだが、浅野は……、

「ちょっと訳があってな。今回は君に大学に来てもらわない方が都合がいいんだ。理由は会ったときに話す。気にするな。それで三連休の都合は？」

と有無を言わさない感じだったので、連休初日の十月八日（土曜）に柴又に来てもらうこととした。


当日の十一時過ぎに『これから大学を出る』と確認のＬＩＮＥがあり、朝野は十二時前に柴又に到着した。

まずは二人で帝釈天に向かい、お参りを済ませてから玉木屋でおでんと草団子を食べて

浅野の奥さんに土産のくず餅を買い、一時半過ぎに重光邸に戻った。

幼稚園の方から賑やかな運動会の音楽が聞こえてくる中、浅野のワゴン車から重いダンボール十七箱を二階の書斎に運び終えると、二人の額は薄っすらと汗ばんでいた。

「そうかぁ。久しぶりに美絵子さんにも会いたかったが、幼稚園の運動会じゃあ仕方ないな」

美絵子も浅野に会いたがっていたのだがと話しながら、リビングに通して、お茶の用意をしようとすると、「香太朗。コーヒーはいいから今日の本題に入ろう」と急《せ》かされた。

「さてと。まずあれは恐らく全て石塚が収集した米国の機密文書だと思う。

知ってのとおり、米国では機密性の高い文書も機密期間の満了となれば、然るべきチェックを経た後、ごく一部を除いて情報公開される。

しかし、何を、何時、何処に公開するかを米国側はご丁寧に知らせてはくれないから、こちらは足で探し当てるしかない」

「石塚は講師の時代から何しろ熱心にその発掘にあたり、数々の貴重な文書を発掘した。

そしてその事実確認をもとに、これまでの通説・常識の誤りを正す新説を整理しては俺のところの同人誌に寄稿をし、学界に論文を出して、二〇一一年の四月からウチの教授になった」

「多分君も聞いていたんじゃないかと思うけど、あいつは近年、――何故日本は、戦後これだけ時間が経っているのに、米国に全く反論も出来ない完全従米なのか？――敗戦下に決められた知られざる日米関係の深淵《しんえん》や、国や組織や政治家の身勝手な二面性や二重性をとことん炙《あぶ》り出してやると、それは燃えていたんだよ」

「ええ、色々と聞いています。

あいつは改めてもう一度、徹底的に戦後の日米関係を調べ直す、と云って……。

マッカーサーやG2ウィロビーが行った第一次対日政策と全く異なるケナンのソ連封じ込め構想や、ACJとジャパン・ロビーが推進した第二次対日政策に見られる米国の二面性とか、キャノン機関がやろうとした二重スパイ構想のこととか、原爆の父と云われたロバート・オッペンハイマーが、実は、戦後は水爆開発に反対していたとか、原子力の戦争利用と平和利用に見られる本音と建て前とか、
渡米して戻ってくる度に熱く語っていました」

「そうか。それなら話は早い」

「ところがだ……。石塚は四月の下旬に最後の米国取材から帰国すると、何時ものように『面白い機密文書を見つけた』と、さっきのダンボールの⑰番を持って俺のところへ来たのだが……。実はその日の夕方から様子が可笑しくなるんだ。

そして五月の中旬には、今回は研究発表を行わないと言い出し、

その一ヶ月半後の俺がタイに出張に出る日に、突然、大学を辞めると電話してきて、君たちの前からも静かに姿を消した」

浅野の話を整理すれば、大也がダンボールを持って来たのは、夕方の四時くらいで、その日は、二、三時間資料の確認をしたら『久しぶりに飯でも食いに行きましょう』という話になっていた。

六時半を過ぎて辺りが暗くなってきたので、「今日はこのくらいにするか」と浅野は席を立ち一人トイレに行った。用を足して研究室に戻る廊下を歩いていると、

「うわー」という大也の叫び声が聞こえて、部屋の手前まで来ると、

「××××じゃないか……」

「×××××××××××××」

と、大也が何かブツブツ云っているのが薄っすらと聞こえた。

浅野が研究室に入り、「どうした、石塚?」と問うと、大也は席をバサッと立ち上がり、

「浅野さん。すいません。今日はメシ無しで帰ります」

と手にしていた資料二、三十枚のコピーを取って、匆卒《そそくさ》と帰ってしまったというのだ。

「いくらお前でも、こんな話だけじゃ何が何だか訳が分からないと思うが……。俺には何となく、お前があの資料を読み込めば、何故、石塚が研究を辞めて失踪《しっそう》したのか。今、何処《どこ》にいるのかが分かるんじゃないかって気がするんだよ」

浅野はそこまで話すと、浅野がリーダーを務める学界の論文発表に関する資料をカバンから取り出して、香太朗に一枚のメモを添えて手渡した。そして、
①まずは、石塚の資料を徹底的に読み込んで貰いたい
②そして出来れば、十二月四日までに論文を書いて欲しい
③今回の俺の考えというのは、その論文発表をもって、石塚の後任教授の席を狙ってみないか、ということだ
と云って、午後三時半過ぎに帰っていった。

香太朗は浅野を見送ると、ダンボール十七箱の置き場所を整えてから、取り敢えずマ

ジックで①番と記されたダンボールのガムテープを剝《は》がした。

するると、分厚いファイルが六冊、綺麗《きれい》に並べられて入っていたので、香太朗は、まずは『①の1』というファイルを取り出した。

資料を読み始めると最初の文書は、『吉田茂、白洲次郎、ジョセフ・グルー、ウイリアム・R・キャッスル、ユージン・H・ドゥマンらの交流関係を露《あら》わにする記録』で、香太朗にはその機密文書が、石塚が『まず知日派のジャパン・ロビーから調べてみる』と、初めて米国立公文書図書館を探りに行った時の発掘文書であることがすぐに分かった。

当時の石塚との会話を思い出しながら資料を数枚読み進めると、階下で美絵子が幼稚園から帰ってきた気配がしたので、一旦、秘密のファイルを閉じて一階のリビングに下りて行った。

「あっ香ちゃん、ただいま～。

浅野さん、もうお帰りになっちゃったのね」

「うん。三時半頃に帰られた」

「それで……、石塚さんの資料って、どんなだったの？」

「まだ少ししか見てないから分からないけど……。

多分あれは全部、大也がアメリカの公文書図書館や大統領資料館で見つけ出した機密文書だと思う。

当然、資料は全て英文で物凄い量なんだけど。

浅野さんにさぁ、それを十一月の中旬迄に全てじっくり読んでおけって……。

宿題出されちゃったよ」

「あらー、それは大変ねぇ」

「このあと美絵子は、先生達と運動会の打ち上げだろう？

今日は何処でやんの？」

「今日は金町のピッコリーニでワインとラザニアで～す。

それで申し訳ないんだけど……。香ちゃん、ちょっとこっち見て。これねコレ。このお鍋にクリームシチューを作ってあるから温めて食べてね。あと冷蔵庫にサラダも作ってあるから……」

美絵子が再び五時半に家を出ていくと、香太朗も書斎に戻って続きを読み始めた。

一時間ほど読み進めていくと、資料は一九五〇年代に在京米国大使館のラジオ部が日本のラジオ局に番組コンテンツを無償提供することで推進した『日本人の親米化工作VOA（ヴィジョン・オブ・アメリカ）』に関する文書になった。そして――『朝鮮戦争の勃発《ぼっぱつ》から十ヶ月後の一九五一年四月に、トルーマン大統領がCIAの秘密工作を統括するべく設置した心理戦略委員会は、一九五二年八月、日本は共産主義国と歩調を合わせるよりも、また中立国として立国するよりも、米国の指導のもとに復興した方が賢明と思わせる対日心理工作をVOA放送を柱に行っていく基本方針を固めた』――という長い一文に蛍光のライン・マーカーが引かれていた。

香太朗は、あとに続く具体的な番組名や番組内容を確認しながら、

『こういったラジオを聴かされたことで、日本人は知らず知らずのうちにジャズやポップスが好きになり、母の日にカーネーションを贈るようになったのか。

俺達だって、わんぱくフリッパーとかサンダーバード、奥様は魔女を観て米国人の生活に憧れたもんなぁ』

と昔を思い出しながら、更に資料を読み進めていった。

資料は続いて『核の平和利用を日本人に促すＶＯＡキャンペーン』という書類になった。

するとその後半に、『日本人の核拒絶意識の打破に向けては、日系二世の情報要員で、昨年まで東京のＣＩＡ事務局で心理戦略委員会のリエゾンをしていたジョージ・ペレスの訴求点分析とプロパガンダのシナリオが的確だったため、想定していた目標以上の高い成果を上げることが出来た』という、在京米国大使館が本国の心理戦略委員会に送った報告書が出てきて、そのジョージ・ペレスという名にライン・マーカーが引かれていた。

香太朗の疲労はピークに達しかけていたが、『ファイル①の1』の残りがあと数ページだったので、首や肩をグルグルと回して凝《こ》りを解《ほぐ》しながら残りを一気に読み切った。

「あー腹へった。もう九時半か……。

ファイルを一冊読むのに三時間ちょっと掛かったなぁ」

香太朗は、残りの資料を読破するのに必要な時間を計算しながら、夕飯を摂《と》りに一階に下りていった。

そしてクリームシチューの鍋に火を入れながら、退職にあたっての帝通の有給休暇を使って、残りの膨大な資料を全てじっくり読み込む決意と、浅野の提案にチャレンジする覚悟を決めた。

十六、鶏鳴《けいめい》からの夜明けの音連れ

帝通退職にあたっての有給休暇を利用して資料を読み込み始めた香太朗は、当初の計画より一日早く、十一月九日（水曜）の夕方に、資料を全てを読み終えた。

その作業は、これまで石塚と研究してきた事を再確認しながら理解を深めるのに非常に役立ち、香太朗が論文を書くのに十分な題材と自信を与えたが、もう一つ浅野に云われた、石塚が何故、研究を辞めると云いだしたのか、何処に失踪したのか……については、全く分からなかった。

律義な香太朗は、何はともあれ、資料の読み込みを終えたことを浅野に報告しようと、昼過ぎから充電していたスマホを卓上フォルダより外して、浅野にＬＩＮＥ電話をかけた。

「あっ、浅野さん。重光です。
取り敢えず例の資料の読み込みと、全ての資料のデジタル化を終えました」

「おーそうか。それはご苦労さん。結構、大変だったただろう」

「はい。やはり四半世紀分の集積資料の読み込みは大変でした」

「で、どうだった。何か分かったか？」

「今回改めて非常に良い勉強になったのですが、大也が、何故、こんなに熱心にやってきた研究を放り出して失踪したのかは、全く分かりませんでした」

「そうか駄目かぁ……、お前でも分からなかったかぁ」

「香太朗。俺はね……。

石塚が、あれだけの機密情報の発掘に成功出来たのは、当然、あいつのガッツが、人並外れていたからなんだけれども。

俺の経験からして、あいつは相当に機密を知っている誰かから、ヒントになる情報を貰《もら》っていたんじゃないかと思うんだ。

今回その人に関係することで、何か問題にぶち当たったたんじゃないかと思っていたんだが、その辺も無いかぁ……」

香太朗は、まさに自分も同じ思いであったこと。そしてその視点からも資料を読み込みチェックをしたのだが、そのような仲介者も組織も、石塚に関連する問題も、全く発見出来なかったことを浅野に伝えた。

「あっ、でも一名……、ちょっと気になった人物はいます。浅野さんは、ジョージ・ペレスという人をご存じないですか？」

「いや、ちょっと分からんなぁ。当時の要人に、そういう人はいなかったと思うけど」

確かにその人物は地位の高い幹部ではないようなのだが、大也がこれまでに取り上げてきた日本への原発導入問題や水爆実験の対日プロパガンダや、米国政府のプロージブル・ディナイアビリティ（秘密工作が失敗し暴露された際には、それを完全否認しながら計画を遂行するという基本的な考え方）に関係する資料に、そのジョージ・ペレスの名が数回出てくること。その名に大也がライン・マーカーを引いていたことを朝野に伝えた。

「あいつが蛍光ペンで線を引いていた箇所はいくつかあるんですけど、そのラインだけが明らかに最近引かれたものだったので気になったんですが……」

——香太朗は浅野との電話を切った後もリビングのソファに一人座って、これまで大也と話してきたことを色々と思い返した。

そして失踪直後の大也の手紙にあった、パンの耳の『最後のクリスマス会』のことを思い出してみた。

あの日はクリスマス会が終わった後、二人は残ってちょっと付き合えと云われて、確かぁ……、

『私は中学に入って直《すぐ》に母親を結核で亡くして、その一年後に父親が出征してガダルカナル島で戦死したため、十四、五歳の頃から一人で生きてきた』

という話から、ダッディの波乱万丈《はらんばんじょう》な人生について聞いたんだよ。それで……、

『戦後直《すぐ》に、何しろリッチな米国紳士が、二十歳になったばかりのダディを、住み込みの執事《しつじ》として雇《やと》ってくれた。

その人はダディに驚きの給料をくれたばかりでなく、まるで親のように色々なことを教えてくれて、普通では経験出来ないこと迄、色々とチャレンジさせてくれた。

そしてその紳士が、各方面のエリートと幅広く仕事をしていたため、ダディにも自然と一流の人達との面識が出来た。

しかし執事《しつじ》を始めて七年後くらいに、その紳士が帰米することになってしまい、その職を失った』と続いて……。

（そのあと何だっけなぁ……。あぁそうそう）

『その紳士は一ドル三百六十円の時代に、ダディに退職金を一万ドルもくれた上に、知り合い数人と、レストラン開業に出資をしてくれた。

それでパンの耳を開店することが出来たのだが、店は東京の郊外とすることが出資の条件だったので、パンの耳を高砂に出店することにした。

すると彼は、当時まだ手に入りにくかったマカロニやパスタの麺、ワインやキャビアなどの仕入れルートを確保してくれた上に、週末に都心から来てくれる高額飲食の上客まで世話してくれた。

パンの耳というユニークな店名や、当時まだ珍しかったグラタンやハンバーグを店の看板メニューとするアイディアも、その紳士がヒントをくれた。そのお蔭で店の経営は軌道に乗り、お母さんと結婚することが出来た』

『でも、やっと摑んだ幸せが、あの飛行機事故で一瞬にして吹き飛ばされてしまった』

『その代わりに私には重光家という新たな親戚が出来て、大也の他にもう一人、香太朗という最高の息子を持つことが出来た。

そしてオマケに美絵子ちゃんという嫁にまで恵まれた。

ママが亡くなってから、ずうっと男だけだったから、香太朗の結婚式で、――僕達の両親は二人の父親になるので――と順子さんが貰う筈の花束を美絵子ちゃんから手渡されたときには、嬉しくて嬉しくて涙が止まらなかったよ』

『偶然にして必然。必然のようで偶然なセレンディピティ。

それがハーフで生まれた私が一番大切にしてきたことだ』

『大也にも四分の一は米国人の血が流れているのだから、日本と米国のことを深く学んで、両国の繁栄に貢献しなければいけない』

という話だったように思うんだけど……。

「あのとき俺もかなり酔っぱらっていたしなぁ……。

さすがに八年も前のことだと、記憶も曖昧《あいまい》になるよなぁ」

そう独り言を云いながらテレビを点けると、夕方六時のニュースが始まったところだった。

香太朗がリビングから順にアルミ製の雨戸を閉め始めると、その音を終業のアラームとしたように美絵子が幼稚園から帰ってきた。

「ごめんね、香ちゃん。ちょっと遅くなっちゃった。

これからお買い物なんだけど、香ちゃんも一緒に行く？」

——二人は美絵子の運転で北小岩のサミットに向かった。そして、果物、野菜、ひき肉、コーヒー豆、缶ビールなどを買って、陽が落ちた住宅街を急いで帰宅した。

香太朗もサラダ作りなどを手伝い、夕食は二十時二十五分から、香太朗が好きな『パンの耳風のハンバーグ』となった。

「はい乾杯～。

今日も一日、お疲れ様でした」

「美絵子。実は今日、例の資料を全部読み終えたんだよ」

「あら凄いじゃない。もう少し掛かる予定だったんでしょう?」

「でもさぁ、何で大也が研究を放り出して失踪《しっそう》したのか……。その一番肝心なところは全く分からなかったよ」

「それは残念だけど……。香ちゃんがここまでやって分からないんじゃ仕方ないわよっ」

香太朗は、「あー旨かった。ごちそうさま」と食べたお皿を流しに下げてから、リビングのソファに移ってテレビを観《み》始めた。

『珍しく香ちゃんがバラエティ番組を観て笑っているわ……』

美絵子はそう思いながら、洗濯機に洗濯物を放り込み、キッチンの片付けを終わらせてから、コーヒーとフルーツを用意した。

――香太朗が好きなジノリのコーヒーカップを用意してコーヒーを落としながら、輪切りにしたグレープフルーツの実と薄皮の間にクリクリとナイフを入れていると、コーヒーの香りに釣られて香太朗がキッチンに入って来た。すると香太朗が、突然……、

「そっ、それだ」

「美絵子、ソレだよ」

と両手を髪に突き刺しながら叫んだ。


「美絵子……。その、今、手にしている、それっ！

グレープフルーツを食べ易くする、先の曲がったナイフ。

それ、何て云うんだっけ……？」


「えっコレ？　一般的に何て呼ばれているかは知らないけど……。

パンの耳では、確か……。

ペレス・ナイフって云っていた気がするけど」


「そうなんだよ、ペレスなんだよ。

ジョージ・ペレスは、石塚丈一だ」

香太朗は中学生の頃、ダディから――『母方の御爺《おじい》さんが、大正から昭和にかけてウィスコンシン州のビールやチーズなどの食材、グラスやお皿などを日本に輸出して成功した、ペレス商会という会社の創業者で、そのため、グレープフルーツの輸入が自由化される前から、パンの耳にはグレープフルーツ用の先の曲がったナイフが有ったのだが、グレープフルーツを見たことがない日本人にグレープフルーツ・ナイフと云っても分からないので、パンの耳ではペレス・ナイフと云うようになった』――と聞いたことを思い出した。

そして大也の資料のどこかに、日本の情報工作員ジョージ・ペレスはウィスコンシン州出身とあり、ラインマーカーが引いてあったことを思い出したのだ。

「きっとパンの耳の親父さんは、戦争が始まる直前に母親の故郷に渡っていて、日米開戦で日本に帰れなくなったんじゃないかな。

それで母方の姓のペレスを名乗らざるを得なくなり、丈一ペレスからジョージ・ペレスになったんだよ」

香太朗はそう云うとスグに、リビングのタブレットを開いて検索窓口に「米国・ウィスコンシン州・ペレス商会」と英字で入力してＥｎｔｅｒキーを叩いた。

するとペレス商会のコーポレートサイトの案内が上から三番目に出てきたので、そのページを開いた。

まず会社の沿革というタブを開いてみると、当社は一八九六年にウィスコンシン州のマディソン市に誕生した貿易会社。初代社長のカルビン・ペレスが、ビールやチーズなどの食品、及び、食器などの対日貿易を成功させて大きく飛躍したと書いてあった。

そして二〇〇九年四月より社長が四代目となっており、その名がクリフォード・ペレスとあったので、今尚ペレス一族の会社であることが分かった。

香太朗はその会社の住所と社長の名前をメモして書斎に上がり、その晩すぐに、ペレス商会の四代目に手紙を書いた。

クリフォード・ペレス様
わたくしは、重光香太朗という日本人です。
突然に大変不躾《ぶしつけ》な問い合わせで恐縮ですが、
わたくしは、石塚丈一さんという故人の
親戚・血筋の方を探しております。
今回、ペレス商会の創業者ご一族が

わたくしが探す石塚丈一氏の親戚《しんせき》血筋《ちすじ》の方々ではないかと思いご連絡をさせて頂きました。
もし何か彼に関する情報をご存じでしたら、下記のeメールアドレスまで、ご一報を頂けないでしょうか。
何卒、宜しくお願い申し上げます。

すると丁度一週間くらい経った頃に、クリフォード・ペレスから香太朗にeメールが届いた。

重光香太朗さま
ペレス商会のクリフォード・ペレスです。
この度は、よくぞご連絡を下さいました。
あなたの推察のとおり、
故石塚丈一はわたくしの親戚です。
正確に云うと、ジョージ・ペレスの母親、グレンダは、
私の曽祖父カルビンの長女で、祖父ケビンの姉になります。

私は丈一叔父さんとは、父ケントが他界した二〇一二年の春、
東京で最初で最後の面会を致しました。
そのとき彼は、父ケントが二ヶ月前に他界したことも知らずに
東京で生きている自分の境遇《きょうぐう》を泣いて詫《わ》びながら、
私に教えてくれました。

彼は占領から数年間の秘密任務が終わった際、
それ迄の貢献の見返りと
この先の新たな諜報《ちょうほう》業務の永年継続を条件に、
上層者に『日本人　石塚丈二』に戻して貰ったのです。

守秘義務を負う彼は云いました。
もし息子の大也がペレス商会を訪ねて来ても、
石塚丈一とジョージ・ペレスは無関係だと言い切れと……。
その代わり、自分の死後に
大也がペレス商会にコンタクトしてきたら
温かく迎えてやってくれと。

そしてもう一つ
もし重光香太朗という
大也の親友から連絡があった場合には、
この手紙を渡してくれと、
私は、あなた宛ての手紙を預かりました。
その手紙を別途郵送致しましたので、ご査収ください。

追伸
丈一叔父さんは、クリフォードは
香太朗と、きっと馬が合うだろうと云っておられました。
機会があれば、是非、お目にかかりたく存じます。

Ｗａｒｍｅｓｔ　ｒｅｇａｒｄｓ

クリフォード・ペレス

それから香太朗は、浅野との約束の期限である十二月二日までに見事に論文を書き上げ、翌二〇一七年の二月十日に、浅野学部長の推薦のもと石塚の後任教授の内定を貰った。

十七、ワームーンに思いを馳《は》せて

清水めぐみは、約束の四時よりも五分早く重光邸に到着した。

「香太朗。あんたさぁ、飛行機の時間、分かってんの？
パスポートだけは忘れるんじゃないわよ」

高速の運転を嫌がる美絵子に代わって運転手を買って出てくれた清水めぐみのクルマは、四時五分に葛飾柴又の重光邸を出発した。

そして柴又街道を南下して篠崎ＩＣから京葉道路に入り、早々と五時二十分には成田空港に到着した。

「ほら、めぐみちゃん。早く着き過ぎただろう。
出発は七時五十七分だよ。めぐみはセッカチだからなぁ」

「いいじゃない遅刻するより。

あたしはねぇ、時間にルーズな奴が大っ嫌いなの」

「分かった分かった。じゃあ三人で飯でも喰おうか……」

念願叶って、ペレス商会のクリフォード・ペレスと会うことになった香太朗は、そうは云ってもご機嫌だった。


――寿司清というバラチラシが人気の鮨屋で食事を始めると、香太朗は二人から質問攻撃を受けた。


「ねえ、香ちゃん。ちょっと聞いていい？

香ちゃんは、ペレス商会に手紙を出したとき、石塚さんがマディソン市に居ることを含めて、その後いずれ、こういう展開になることが分かっていたの？」

「いや、半分も分かってなかったけれども、大也はいるかもって、何となく思ったかな。

結局、俺が帝通を辞めることを含めて全部お見通しだったのはダディだけだよ」

「でもさ、香太朗と石塚って子供の頃から通じ合っちゃってさぁ。こういうの、昔から有ったよね〜。

まぁ、色々あったけど、香太朗も可愛いとこあるよ。

石塚の難しい勉強を引き継いだら、あんまりに大変で胃が痛くなっちゃうんだから……」

そんな会話をしながら楽しく食事を済ませ、美絵子とめぐみは、七時十五分前に香太朗と別れた。

「美絵子……、あたしさぁ。

こういうときに何時も、行きはよいよい、帰りは怖いっていう、あの暗いメロディが頭に浮かんできちゃうんだけど……。それってやっぱりオバチャンってことかな？」

女性二人で空港の駐車場まで歩いていくと、桜舞《さくらま》う成田の夜風は少し冷たかった。

「あっ、めぐみちゃん。見てあそこ。

大きな満月」

駐車場の向かいの小山の上に、グレープフルーツのような満月が優しく浮かんでいた。

美絵子は、パンの耳のダディと石塚と香太朗の三人には同じ景色が見えていたのに、自分には全く想像すら付かなかったことを少し悔しいと思いながら、気持ちを新たに帰りの助手席に乗り込んだ。

「美絵子。今の気分にピッタリの曲があるよ」

飛び立つ飛行機を横目にめぐみが運転するクルマが走り出すと、映画のエンドロールのBGMように、トム・ウェイツの『グレープフルーツムーン』というバラードが静かに流れ出した。

――重光香太朗は搭乗手続きを済ませると、ラウンジで一人ぽつんと離発着する飛行機を眺めながら、今は亡き二人の父のことを思った。

あの時代に生まれた人達にとって、戦争が終わる迄の年月は、其処《そこ》からの逃避《とうひ》どころか、疑問を口にする余地すらない世の中だった。

だから戦争で大切な人を失い、生死を彷徨《さまよ》い、生き残り、焼け野原からの復興を成した人達には、その後どれだけ平和になっても、決して全てを曝《さら》け出さない心の奥間のようなものがあった。

——飛行機に乗り込み、広く開放的なボックス席に着くと、窓の外に大きな満月が見えた。

飛行機が飛び立ち高度が上がって飛行が安定すると、香太朗は、クリフォード・ペレスが郵送してくれたダディからの手紙を、グレープフルーツのようなワームムーンを明りにもう一度読み返した。

『大也はダディの秘密任務を知って絶句し、ダディはアレが俺の仕事だと知って仰天《ぎょうてん》するなんてことが、現実に起きるんだなぁ……』

『日本人にして米国人。米国人のようで日本人。
偶然にして必然。必然のようで偶然か……』

『セレンディピティを信条にしていたダディでも、Off Air TVが俺の仕事とは全く予想だにしなかったことで、有るが難きの、まさか……、だったんだろうなぁ』

「ダディ、そんなに侘《わ》びなくても分かっていますよ」

――明日の朝陽の方に向かって夜空を突き進む機体が、『ゴー』というあの日の大地震の地響きに似た轟音《ごうおん》を響かせて揺れ出す中、香太朗は石塚大也と再会したら、『親父《おやじ》達の戦争体験とは比べものにならないけれども、俺達も人の欲に蹴散《けち》らされた欲望難民だな』と云おうと決めて、ゆっくりと目を閉じた。

男に生まれたなら、まずは男を磨《みが》きなさい。
磨きが足らないうちは、
全くもって反極の女の言い分が分からないが、
男を磨いていくうちに、女の凄さが、
男に無い数々の底力が見えてくる。
そして自分に無い女の根性を学び、
母なる女に感謝しながら、さらに男を磨き続ければ、
そのうち男が見え、女が見え、人間が見えるようになってくる。

男の磨きを怠《おこた》る輩《やから》には、女も人間も永遠に見えることはない。

この『男』の所を『米国』に、『女』の所を『日本』に、『人間』の所を『世界』と置き換えて、もう一度読んでみて下さい。

他にも男女の所に色々と相克《そうこく》する両極の言葉を入れて、世界を考えてみて下さい。

この『習合《しゅうごう》／両利《りょうき》き／止揚《しよう》』の考え方は、この先の世界平和に、必ず役に立つと思います……。

――香太朗が大也との再会を果たすと、喜んだのも束の間、一年も経たないうちに、世界の彼方此方《あちらこちら》で大事件が続発した。

中国の武漢で『新型のコロナウイルス』が発見され、二〇二〇年の三月頃からその感染猛威が加速し始めて、世界中でパンデミックを引き起こした。

それにより我々は、――（投打の『どちらを』の二者択一ではなく、投打の『どちらもの二刀流』をベースに、『走攻守の全てを／野球の全幅《ぜんぷく》を極めたい』という『大谷翔平』

の活躍しか、元気が出る明るい話題がないような）――、自由が抑制される辛い日々を二年近くも強《し》いられた。

ようやくコロナの猛威が沈静化し始めると、今度は、二〇二二年二月二十四日に『ウクライナ・ロシア戦争』が勃発し、それは当初の大方の予想に反して、何故かズルズルと長期化した。

そして日本でも、同年七月八日に『安部元首相が、奈良で白昼に射殺される』という前代未聞の事件が起き、更には、ウクライナ・ロシア戦争がまだ終息しない中、新たに『パレスチナ・ハマス戦争』まで始まって、不穏《ふおん》に世界情勢が拗《こじ》れていった。

すると、米国で若者を中心に――『不毛な戦争は、即刻止めるべき』『パレスチナに関する今の米国政策は、健全な人道バランスを逸している』――と、『反戦の機運』が急速に高まり出した。

この変化から、次の米国大統領選で返り咲きを狙うトランプや、名門ケネディ家のロバート・ケネディ・ジュニアが、――「こういう戦争やパンデミックにはディープステートが背後で糸を引く『プランデミック』の要素が少なからずあり、俺ならばそれを止められる」――と真正面から訴えている姿や、そういった角度から世の拗《こじ》れを正したいとする人の叫びがあることが、僅かではあるが、少しずつ日本でも聞こえるようになっていった。

そんな中、(二〇二四年の四月三十日)、コロンビア大学の学生を中心にニューヨークで開催された――『イスラエルのガザ地区での停戦と、イスラエル関連の投資引き上げを要求するデモ』――の中に、香太朗と美絵子と大也とエリアナの『四人の姿』があった。

そう、香太朗がエリアナに石塚大也を紹介すると、二人はアッという間に意気投合して一緒になったのである。

香太朗が美絵子と声を揃えて「何か全てが」「四年前の正月に」「ガーネットでエリアナが言ってたとおりに」「なっちゃいましたね～」と日本語で二人を冷やかすと、大也とエリアナがデモのシュプレヒコールのように、「アチマリカム」「アチマリカム」と、空に向けて大和心の波動を飛ばし始めた。

『欲望を満たすために、人は、いったい何時まで無用な戦争や、ペテンの作文を繰り返すのか？
もう、自作自演のフォールス・フラッグは通用しない……』

一視同仁《いっしどうじん》な精神性と自己の利益追求を両立～バランスすることが出来ない現代人の深淵《しんえん》の闇を晴らしたい香太朗は、ニューヨークの空を見上げながら、『惟神《かんながら》の道』の尊さを改めて想った。

著者プロフィール
長谷川 大久（はせがわ ひろひこ）
1960年12月2日生まれの男性マーケター（本名：長谷川浩彦）

大手広告会社にて、著名企業の商品開発～そのマーケティング・コミュニケーションのフルコミットサービスや、新たなデジタルビジネスの研究開発～そのビジネスモデルの開発～特許取得などに従事。

その後、広告会社を早期退職して、デジタルマーケティングとエンターテイメントを行うベンチャー企業の社長として経営変革に邁進。

現在は、建設コンサル企業にて、新事業開発のアドバイザリー・サポートを行っている。

著書に『Neo J's Marketingのすすめ：世界中の人々の心をつかんで離さない、日本流儀な“おもてなし”』（幻冬舎ルネッサンス。2013年7月18日発行）がある。

欲望難民
＝世界中に離散した縄文人の魂よ。今こそこの世に甦れ＝

2025年1月15日　初版第1刷発行

著　者　長谷川 大久
発行者　瓜谷 綱延
発行所　株式会社文芸社
〒160-0022　東京都新宿区新宿1－10－1
電話　03-5369-3060（代表）
03-5369-2299（販売）

印　刷　株式会社文芸社
製本所　株式会社MOTOMURA

ISBN978-4-286-26174-4